W0290055

Apprendre à danser sous l'orage

www.editions-hermann.fr

ISBN : 9791037039644

NATHALY ARRIOLA

Avec la collaboration de
Philippine Donnelly

Apprendre à danser sous l'orage

Récit

hermann
Depuis 1876

I

La bascule

I.

Au réveil, c'est la douleur qui submerge, constante, absolue, sans répit. Pas une parcelle de mon corps, aussi infime soit-elle, ne me semble épargnée. Impossible de compter le nombre de fils qui émanent de moi. Des bips stridents continus et assourdissants s'échappent des machines auxquelles ils sont reliés. C'est le signe que je suis encore en vie. L'un de ces fils est relié à une poche qui permet l'évacuation des fluides. La lumière blanche et crue des néons au plafond est aveuglante. Elle non plus ne s'éteint jamais. Je suis en réanimation, on vient de m'enlever un rein. Néphrectomie totale, disent-ils, dans ce jargon qu'affectionnent les médecins et avec lequel je ne parviens toujours pas à me familiariser, même après toutes ces années.

***

Tout a basculé deux semaines plus tôt, le 23 décembre 2011. Ç'aurait dû être un matin ordinaire, prélude à une journée ordinaire. C'est la veille des vacances de Noël et je me réjouis de quitter Genève et mon quotidien pour quelques jours. Je n'ai plus d'appartement, j'ai quitté celui que je partageais avec mon ex, je squatte le petit studio de ma mère, j'ai du travail par-dessus la tête et ma cheffe me déteste.

À quatre heures trente du matin, le réveil sonne. Démarre ensuite une routine établie depuis maintenant plusieurs années : abdos, révisions pour le MBA que j'ai intégré, puis départ au boulot. C'est comme ça tous les matins. Abdos, petit-déjeuner, travail : c'est la règle, la discipline que je me suis fixée. Je n'y déroge jamais.

Ce matin-là, pourtant, impossible de me lever. J'ai mal aux reins, je suis épuisée. Je me rendors. Ça ne m'est jamais arrivé. Pas une seule fois ai-je seulement pensé à grappiller quelques heures de sommeil. Je pense à Gregor Samsa, le personnage principal de *La Métamorphose* de Franz Kafka. En fait, je *suis* Gregor Samsa, paralysée de douleur, sans pouvoir me lever. Comme lui, je me rendors, comme lui, ma mère me dit : « Mais tu es encore couchée ? Il faut que tu te lèves ! », comme lui, je cherche sans répit à comprendre les raisons de cette défaillance soudaine, comprendre ce qui s'est passé en une nuit seulement, comme lui, j'ai peur d'être accusée de fainéantise, je refuse de me faire porter pâle. Si ce n'est l'insecte monstrueux, j'ai le sentiment de vivre en tous point la même expérience. Je tente de me rassurer. C'est sûrement une infection urinaire, j'y suis habituée. Mon corps lâche très souvent au début des vacances. Il est juste un peu en avance. Pas de quoi en faire une histoire, me dis-je.

À sept heures et demie, je parviens cette fois à sortir du lit. J'enfile mes talons et la course commence. La journée s'annonce comme un long tunnel de dossiers à boucler et de tensions au travail avant, enfin, de prendre le train pour fêter Noël à Marseille avec ma mère, puis de partir en voyage aux Seychelles avec Alexandre, mon amoureux.

La chaîne d'hôtels pour laquelle je travaille m'a confié la gestion de deux filiales qui s'occupent des spas. L'un des hôtels vient d'en ouvrir un, je dois aller le visiter. J'adore mon boulot, c'est toute ma vie, je suis ce qu'on appelle une *workaholic*. J'ai travaillé d'arrache-pied pour arriver là où j'en suis et je ne compte pas m'arrêter là.

« Ça va ? Tu as l'air d'une morte ! », me lance une collègue.

J'encaisse.

« Je ne pensais pas que ça se voyait autant ! Oui, je suis un peu malade, c'est souvent comme ça au début des vacances.

— Tu devrais aller voir un médecin avant de partir. Je suis allée aux Seychelles il n'y a pas longtemps, je t'assure que tu ne veux pas être soignée là-bas s'il t'arrive quelque chose. »

Ces quelques mots font immédiatement remonter un souvenir enfoui. Je suis péruvienne. Les petits dispensaires au fin fond de la jungle, je connais. Lorsque j'avais sept ou huit ans, mon père nous avait emmenés en vacances au cœur de la forêt amazonienne. En jouant avec une carabine à plombs, mon grand frère s'était littéralement coupé le doigt en deux. Armés du bout de doigt manquant qu'un autre de mes frères avait eu la présence d'esprit de ramasser, nous sommes tous partis en catastrophe à l'hôpital du coin. Hôpital, le mot semble bien pompeux pour cette guérite qui soignait les habitants de la région. Je revois la scène comme si j'y étais : le sang qui s'écoule du bandage de fortune devenu rouge vif enroulé autour du doigt mutilé de mon frère, la chaleur moite, la salle d'attente bondée, les conditions d'hygiène déplorables, les lits brinquebalants et le matériel de fortune. Il a été recousu là, au milieu de tout ça, sans salle d'opération ni autre cérémonial, avec les moyens du bord. Je m'étais évanouie.

« Il y a un centre de santé juste au coin de la rue, m'apprend-elle. C'est sans rendez-vous. Vas-y. »

Elle a raison. J'irai à l'heure du déjeuner. À ce moment-là, je ne me doute de rien. Je m'imagine que je serai de retour deux heures plus tard, à temps pour boucler mes dossiers et prendre mon train.

À mon arrivée au centre de santé, je ne suis pas seule. Les virus de l'hiver et l'imminence des vacances ont manifestement précipité la population genevoise chez le médecin. Visages blêmes et cernés, mouchoirs en main, toux grasses et sèches… La salle d'attente est pleine à craquer. À peine reste-t-il une chaise de libre. Ça va être long. Je suis pressée, une montagne de travail m'attend d'ici la fin de la journée, mais je décide de rester malgré tout. Mieux vaut un peu d'attente ici qu'un dispensaire aux Seychelles.

Et puis, il y a cette boule. Elle a la taille d'une balle de ping-pong et apparaît quand je suis stressée. Elle surgit de mon bas-ventre comme le pop-corn d'une casserole : pop !

Lorsque ça arrive, je la rentre sans ménagement. Elle est douloureuse, mais c'est supportable. « C'est donc ça, avoir la boule au ventre… » me disais-je, pensant enfin saisir les subtilités profondes de cette expression bien française !

Cette boule, je l'ai négligée pendant un temps, mais cela fait maintenant plusieurs mois que ça dure, la douleur ne s'estompe pas, elle est même particulièrement intense ce jour-là, et cela finit par m'inquiéter un peu. J'étais déjà allée voir un médecin au mois d'août, soucieuse de ses apparitions de plus en plus fréquentes. Évidemment, elle ne s'était pas manifestée pendant le rendez-vous. Aussi, après un bref examen – en Suisse, le prix de la consultation médicale est indexé sur le temps passé : il augmente à chaque créneau de dix minutes –, le médecin avait conclu que tout allait bien. « Vous n'avez rien. Si vous voulez que votre ventre soit moins dur, il faut faire moins d'abdos », avait-il diagnostiqué, catégorique.

Je me dis qu'il est grand temps de faire un examen complet. Puisque je suis là, autant en profiter et aller jusqu'au bout. Alors je prends mon mal en patience et attends sagement mon tour dans la salle d'attente bondée. Je tente tant bien que mal de passer le temps. J'ai pris un peu de travail. Les heures passent. Une, puis deux. Au bout de deux heures et demie – la pause déjeuner est déjà loin derrière – enfin, mon nom est appelé.

J'entre dans le petit bureau impersonnel et aseptisé dédié à la consultation et explique au médecin ce qui m'amène. Lorsqu'il m'examine et palpe l'endroit où surgit habituellement ma petite boule, je laisse échapper un cri. J'exagère un peu, il est vrai, mais cette fois, je veux être sûre que rien ne sera pris à la légère, qu'on procédera à un examen minutieux pour enfin comprendre de quoi il retourne.

« Ça ne va pas, on va vous faire une radio », décide-t-il immédiatement. La radio est dans la salle à côté. Se rhabiller, se déshabiller, passer sur la table de la radio, se rhabiller à nouveau et attendre, encore. L'après-midi est désormais bien entamée. Avec un peu de chance, si les résultats arrivent rapidement, je peux travailler deux heures avant d'aller prendre mon train. Je n'aurai pas tout bouclé, mais ça sera déjà ça.

Mon nom est appelé plus rapidement cette fois. Lorsque j'entre dans la salle de consultation, le médecin est livide, son visage affiche une extrême gravité. Il est au téléphone, me fait signe de m'asseoir. La conversation est tendue, je la suis d'une oreille.

« Non, c'est urgent. Il faut une place pour la patiente aujourd'hui.

— …

— Je sais bien qu'il y a trois mois de délai, mais vous ne comprenez pas, ça ne peut pas attendre il faut absolument que l'examen soit réalisé aujourd'hui. »

Nodule, pyélo-urétérale, masse… J'entends ces termes sans les comprendre. Masse… C'est étonnant, masse. *Masa* en espagnol, c'est une pâte que l'on utilise pour faire des gâteaux au Pérou. J'ai une pâte dans le ventre ? Les langues se mélangent, l'espagnol, le français, le jargon médical. Un même terme pour des réalités différentes. En tout état de cause, cela semble suffisamment puissant pour infléchir la position de son interlocuteur. Il est mis en attente.

« Vous allez bien ? »

Je m'inquiète pour lui, j'ai envie de le plaindre. J'ai toujours eu le plus grand respect pour les médecins, c'est un métier que j'admire. À l'écoute de sa conversation, mon quotidien me semble bien futile au regard de cet homme dévoué qui se bat pour la vie de ses patients. Quelqu'un est bien mal en point et requiert toute l'attention de ce médecin dévoué. Il y a de quoi relativiser.

« Moi ça va. Mais vous, ça ne va pas, me répond-il.

— Mais si, je suis un peu malade, mais ça va. Écoutez, je suis désolée, il est déjà tard, je dois retourner travailler, j'ai un train pour Marseille en fin de journée…

Il me coupe.

— Vous n'allez nulle part. J'ai de mauvaises nouvelles pour vous.

Il reprend le fil de sa conversation téléphonique, semble toujours aussi inquiet, sous pression et négocie pied à pied avec son interlocuteur. Enfin, il raccroche – il a obtenu gain de cause – et me montre la radio.

— Les images montrent une masse importante au niveau de votre rein droit. Il faut faire un examen complémentaire tout de suite. Il y a un centre d'imagerie à deux rues d'ici. Allez-y maintenant, ils vous attendent.

Je regarde ma montre, c'est déjà le milieu de l'après-midi.

— Excusez-moi, mais il est déjà très tard. Il faut absolument faire ça maintenant ?

— Oui, c'est important. Il faut déterminer l'origine et la nature de cette masse au plus vite. Je vous ai trouvé une place. Je reste là, je vous attends. Moi aussi, j'ai un train ce soir, ne vous inquiétez pas. »

Ainsi donc, cette patiente qu'il fallait absolument recevoir dans l'heure, c'était moi. Je finis par accepter.

« Surtout, allez-y doucement. Marchez lentement, ajoute-t-il en insistant lourdement. »

L'heure tourne et je me demande si j'arriverai à tout faire, et même à prendre mon train. L'idée de retourner travailler s'éloigne peu à peu, mais je m'accroche de toutes mes forces à l'idée de prendre ce train.

Au centre d'imagerie, je suis prise immédiatement. À peine l'échographe effleure-t-il la zone de la boule qu'il s'arrête immédiatement. « Levez-vous doucement », m'intime-t-il. Tout le monde semble tout à coup me considérer comme un vase de cristal, fragile à l'extrême. Doucement, doucement, ils n'ont que ce mot à la bouche. Je ne comprends pas bien. Le matin même, je courais vers mon travail perchée sur mes talons de dix centimètres. Je fais du sport depuis toujours, j'adore ça. Je travaille « du soleil au soleil » comme on dit au Pérou, et j'adore ça aussi. J'ai fait tous les petits boulots possibles et imaginables. Je suis tout sauf une petite chose fragile. Je ne vois pas vraiment pourquoi il faudrait tout arrêter d'un coup.

Je passe au scanner en gardant mes réflexions pour moi, sans comprendre pourquoi l'examen précédent s'est arrêté, ni ce que l'on cherche exactement. Je me plie aux exigences des médecins, bonne élève.

En attendant les résultats, j'appelle Alexandre. La perspective d'attraper le train s'éloigne, mais je lui explique la situation en quelques mots et lui assure que je ferai tout pour être à Marseille dans la soirée. Enfin, on me donne mes résultats. Sans autre commentaire, on me dit de retourner au centre de santé, le docteur B. m'attend. Il est 17 heures, le centre est fermé et il avait un train à prendre. Je doute fort qu'il soit encore là.

À mon arrivée, le centre de santé est désert, mais le médecin, lui, est bien là. Il m'attend. Il a sans doute raté son train, ou alors il va le rater. Son visage est toujours aussi fermé.

« J'ai de très mauvaises nouvelles pour vous, commence-t-il.

Il met les images dans son projecteur. On y distingue très nettement la boule. Dont la taille est, en réalité, plus ou moins celle d'une balle de tennis, une dizaine de centimètres de diamètre.

— Il y a deux problèmes. D'abord, vous avez une tumeur au rein droit…

Je l'interromps.

— Mais non, s'il y a un problème, c'est forcément au rein gauche. Toute ma vie il a dysfonctionné. Mon rein droit va très bien. C'est un battant.

— Eh bien le battant ne va pas bien.

Il reprend :

— La masse fait douze centimètres, c'est la taille moyenne d'un rein. Elle le recouvre presque entièrement. L'autre problème concerne, en effet, votre rein gauche. Il est atteint du syndrome de la jonction. C'est ce qui explique la fréquence de vos infections urinaires et pourquoi il est dysfonctionnel depuis toujours.

L'information me fait l'effet d'un coup de poing. Je reste le souffle coupé. J'avais été hospitalisée à Cuzco lorsque j'étais petite à cause de ce rein, mais personne n'avait jamais rien trouvé. Il poursuit.

— La tumeur a atteint sa taille maximale, elle ne peut pas aller bien au-delà. Elle peut exploser à tout moment. C'est pour cela qu'on vous demande de vous déplacer doucement. Si vous vous cognez, si vous faites un mouvement brusque, elle peut éclater et vous risquez de mourir. Il faut que vous soyez hospitalisée en urgence. Je suis en train de vous trouver une place.

Je reste cramponnée à l'idée de prendre mon train.

— Mais non, vous ne comprenez pas. Vous ne partez plus. Vous ne pouvez pas partir. Vous devez entrer à l'hôpital dès ce soir », objecte-t-il avec douceur.

Pendant qu'il passe des coups de fil pour me trouver une place d'hospitalisation, je sors rappeler Alexandre pour le prévenir que je ne pourrai finalement pas venir. Que les vacances vont devoir être annulées. « C'est quoi cette histoire ? ! », rétorque-t-il. Alors je lui explique tout en détail. Les images qui révèlent une tumeur, le risque d'explosion, l'impossibilité de prendre le train et l'hospitalisation imminente. « Je te rappelle dans trois minutes. » Il raccroche.

Au bout de quelques minutes, le téléphone sonne. « Tu montes dans ce train, me somme-t-il. Tout est organisé. Demain matin tu seras à l'hôpital, mais à Aix, tu seras bien entourée. Je serai là, mon frère sera là, ma famille sera là, tu seras suivie par des médecins qu'on connaît. Tu montes dans ce train. »

Je retourne dans le petit bureau de consultation. Le médecin m'apprend qu'une chambre m'attend à l'hôpital à Genève. Je me sens coupable. Il s'est démené pour trouver un lit, il a loupé son train et je m'apprête à lui annoncer que je ne vais pas suivre ses conseils. Pour couronner le tout, il faut que je parte dans les dix minutes.

« Je vous promets que je serai à l'hôpital dès demain matin. À Aix-en-Provence. Tout est arrangé. Le rendez-vous est déjà pris. Je vous promets.

Son visage se décompose. Il proteste faiblement.

— Mais vous ne pouvez pas faire trois heures de train. »

Devant ma détermination et mes assurances, il finit par céder. Il me fait signer une décharge et je lui demande un justificatif pour mon travail. Il me confie aussi mes images ainsi qu'une lettre pour le médecin qui doit me recevoir. Je me confonds en remerciements. Enfin je peux partir. À la hâte, j'attrape mes affaires et je file.

Je passe à mon bureau en coup de vent, tente d'arranger un peu le capharnaüm qu'est mon espace de travail, dépose mon justificatif, m'excuse vaguement, récupère ma valise et je repars en courant de plus belle vers la gare. Ma mère m'attend. Nous ne sommes pas encore en retard.

« Maman, tu sais, ma boule…

— Oui ?

— Le médecin dit que c'est une tumeur.

— Ah bon ? Allez, dépêche-toi, aide-moi avec les valises. »

Ses valises, énormes, pèsent une tonne. Elle doit partir au Pérou pour les vacances de Noël. Marchez doucement, pas de gestes brusques… avait dit le médecin, nous sommes loin du compte. Tant bien que mal, nous réussissons à monter dans le train après avoir trouvé une bonne âme pour nous aider avec les valises de ma mère. Nous serons à Marseille dans la soirée. Installée dans le train, tout ce à quoi je suis capable de penser, c'est mon travail. La journée manquée, les reproches que ma cheffe ne manquera pas de formuler. Pas la tumeur, ni les images, ni même le rendez-vous qui m'attend. Je suis persuadée que le médecin se trompe. Que tout cela sera balayé d'un revers de main le lendemain.

À la première heure, le 24 décembre, après une courte nuit chez ma mère, je suis assise dans le bureau du docteur B.

Dans cette histoire, trois médecins auront été déterminants. À chacun d'entre eux, je dois beaucoup. Tous trois ont en commun une patiente, moi, et la même initiale. C'est la communauté des docteurs B., qui m'a entourée, soignée, et grâce à laquelle je suis en vie aujourd'hui.

Celui-ci, le deuxième donc, est le chirurgien urologue qui a accepté de me recevoir en urgence grâce à Antoine, le frère d'Alexandre. Dans leur famille, la médecine occupe une place de choix, transmise par leur grand-père, Schlema, émigré d'Ukraine en 1911. Comme le reste de la famille, Antoine est médecin. Il connaît bien le docteur B., il exerce comme angiologue dans le même hôpital. Il me l'a assuré, c'est un pro, parmi les meilleurs dans son domaine, quelqu'un en qui l'on peut avoir confiance. Alexandre à mes côtés, nous attendons qu'il arrive.

2.

Je me souviens parfaitement de ma première rencontre avec Alexandre à mon arrivée à Marseille, en 1998. J'avais 22 ans et j'étais une toute jeune immigrée. Ma mère avait quitté le Pérou pour la France quelques années auparavant avec son deuxième mari, un Breton qu'elle avait rencontré à Cuzco alors qu'il faisait un tour du monde. Ils s'étaient mariés et avaient décidé de venir en France. Ils avaient choisi Marseille pour éviter la pluie bretonne.

J'étais venue la rejoindre. Elle était alors nourrice auprès d'une famille à Marseille. Sa patronne connaissait le député de la circonscription et avait proposé de faire appel à lui pour que mon visa finisse par être accepté. Grâce à son appui, ma mère avait réussi à réunir tous les papiers et j'avais finalement obtenu le sésame. Peu après mon arrivée, nous étions allées le remercier pour son aide.

Il nous avait reçues dans son bureau. C'était un monsieur d'un certain âge, très charmant. Il nous avait accueillies avec beaucoup de chaleur et de gentillesse. Lorsque nous eûmes terminé notre petit speech de remerciement, il s'adressa à moi.

« Je suis ravi d'avoir pu faire en sorte que tu rejoignes ta maman. Malheureusement, je ne vais pas pouvoir m'occuper de toi. Je n'ai pas beaucoup de temps, je suis très pris par mon travail, et je commence à être trop vieux pour ça.

J'étais mortifiée. Ma mère assurait la traduction. Malgré les cours que j'avais pris à l'Alliance française à Cuzco et les cours du soir que j'avais commencé à prendre à mon arrivée Marseille, mon niveau restait encore assez faible. Je me suis tournée vers elle.

— Il faut lui dire que je n'ai pas besoin d'aide ! Que je ne demande rien. Je vais me débrouiller toute seule ! insistai-je auprès d'elle.

— Non, rétorqua-t-il. Puisque c'est moi qui t'ai fait venir en France, tu es sous ma responsabilité. C'est mon devoir de t'aider à réussir. On peut considérer que je suis ton parrain. Puisque je n'ai pas le temps de m'en charger, je vais te recommander à mon filleul en politique, il va s'en charger pour moi. Va le voir de ma part, il va te guider et t'aider à trouver une formation. »

Terriblement gênée, je finis par accepter et promis d'aller voir ce fameux filleul politique, qui était conseiller municipal à la mairie d'Aix-en-Provence. J'eus toutes les peines du monde à obtenir ce rendez-vous. Son assistante avait érigé un barrage infranchissable. Malgré tout, j'insistai. Je me sentais redevable, engagée par la promesse que j'avais faite. Alors j'ai fait le siège de son assistante. Je n'ai qu'une parole et je suis quelqu'un de persévérant. J'avais beau expliquer que j'étais envoyée par le député, rien n'y faisait. Il me fallut appeler une bonne vingtaine de fois avant qu'un créneau ne soit fixé. À l'usure, elle finit par me donner un rendez-vous.

Le jour dit, avec toute l'insouciance d'une jeune fille de 22 ans, j'allai à la mairie d'Aix-en-Provence. Son bureau était rue Pierre et Marie Curie, dans un quartier chic d'Aix, au premier étage d'un hôtel particulier cossu. Le hall d'entrée, imposant, richement meublé, les escaliers en marbre, les moulures aux plafonds, aux murs, les trois mètres de hauteur sous plafond… Tout cet apparat m'impressionnait et acheva de me stresser. Avant de venir, j'avais répété à l'infini le petit speech que j'avais préparé. Mon niveau de français m'embarrassait et je restais terriblement gênée de devoir venir. Je voulais me débarrasser au plus vite de ce rendez-vous. Cet endroit était bien trop grand pour moi, il ne collait pas avec tout ce que je vivais. Je ne me sentais pas à ma place.

« Vous avez vingt minutes ! », me lança, acerbe, sans même un bonjour, son assistante lorsque je me présentai à elle. Il devait aller en commission je ne sais quoi, je n'avais pas compris la moitié des consignes et des informations qu'elle délivrait. J'attendis quelques instants dans la petite pièce sans âme qu'elle occupait. Quand arriva mon tour, je la remerciai et j'entrai dans le bureau.

À nouveau, je fus saisie par le faste et la solennité de la pièce. Je restai sur le seuil de la porte, comme pétrifiée, ne sachant pas où donner de la tête entre les bibliothèques emplies de livres reliés, les meubles Louis-quelque-chose, les tableaux aux murs, les lourds rideaux accrochés aux hautes fenêtres. Cela contrastait avec l'image que je me faisais d'une administration publique.

Il était assis à son bureau derrière une montagne de dossiers. Un bureau gigantesque, en marqueterie ouvragée, si beau qu'il me rappela instantanément la chaire de l'église San Blas, l'une des plus anciennes de Cuzco. C'est un ancien temple inca reconverti en église au XVIe siècle ; la chaire trône dans sa nef : un ouvrage d'une finesse exceptionnelle, sculptée dans le tronc d'un seul cèdre.

Dans ce cadre on ne peut plus formel, il affichait une décontraction surprenante, en chemise, sa veste de costume négligemment posée sur l'un des canapés, légèrement avachi, un bras sur l'accoudoir de son fauteuil, un dossier dans l'autre main. Il leva la tête et m'invita à m'asseoir sur une chaise en face de lui. Son aisance m'intimida immédiatement. J'étais comme envoûtée par la prestance qu'il dégageait. Mon cœur se mit à battre la chamade. J'avais du mal à me concentrer sur la conversation, je me mettais à trembler à chaque fois que je prenais la parole.

« J'ai regardé ton dossier. Je te conseille d'entrer à Sciences Po Aix, il y a une option administration des entreprises qui correspond à ton parcours, commença-t-il.

Il me tutoyait, parfaitement à l'aise, sûr de lui. Je le regardais avec des yeux ronds, je ne connaissais rien au système éducatif français, je répondais à peine, incapable de formuler une phrase complète, bafouillant des « oui » et des « d'accord » timides en réponse à chacune de ses phrases.

— Tu es un peu juste pour les inscriptions, il faut le faire tout de suite. Contacte-les de ma part, je leur toucherai un mot. Voilà ma carte. Donne-moi ton numéro de portable, je t'appellerai de temps en temps pour prendre des nouvelles. »

En 1998, les téléphones portables n'étaient pas si répandus, j'étais en France depuis à peine un mois, inutile de dire que je ne pouvais pas encore me permettre d'en avoir un. Je pris la carte qu'il me tendait, laissai mes coordonnées et promis de donner mon numéro de portable dès que j'en aurais un, non sans le remercier une centaine de fois pour son aide. Au bout des vingt minutes qui m'étaient assignées, je sortis.

À mon retour, j'appelai ma mère, encore sous le coup de cette rencontre. Totalement éprise.

« Maman, j'ai rencontré l'homme de ma vie !

Elle paniqua.

— Tu es folle ! Tu te sors tout de suite ça de la tête, je te préviens ! C'est sûrement un mec marié !

— Mais non, il n'a pas de bague.

— Ah ! Tu as regardé ça ! »

Sans le savoir, elle avait anticipé de quelques années le cours de notre histoire. Mais à cet instant, je ne pensais à rien. J'étais enveloppée dans une sorte de béatitude un peu mièvre, flottant dans une ambiance de film à l'eau de rose. Je planais, sourire aux lèvres, emportée comme on peut l'être à 22 ans. « Maintenant, je sais pourquoi j'ai été créé » : cette réplique de Tom Cruise dans le film *Vanilla Sky* tournait en boucle dans ma tête. Le coup de foudre.

Aujourd'hui encore, notre rencontre reste l'un de sujets de plaisanterie préférés d'Alexandre : « On m'a dit de m'occuper d'elle, je me suis occupé d'elle », répète-t-il à l'envi. Ce jour-là, il avait pris les choses en main. C'est dans sa nature, sa manière de faire face à l'adversité. Tout comme il a pris les choses en main, des années plus tard, en me forçant à monter dans ce train, en organisant tout avec son frère, qui ne m'avait jamais ne serait-ce qu'aperçue, pour que je sois prise en charge dès mon arrivée.

Treize ans plus tard, après s'être séparés, puis retrouvés, c'est encore lui qui est auprès de moi dans le bureau du docteur B. à l'hôpital privé d'Aix-en-Provence. Assis l'un à côté de l'autre, au petit matin de ce 24 décembre 2011, nous attendons qu'il arrive. Alexandre me rassure, il se veut confiant. Le docteur B. est le meilleur, sa famille le connaît bien. Il saura de quoi il retourne, il saura quoi faire, et il le fera bien.

Lorsqu'il entre dans le bureau, nous comprenons immédiatement que c'est sérieux. Il a le même visage blême et décomposé, la même gravité que l'autre docteur B. affichait la veille. Il s'assoit derrière son bureau, met les images dans le tableau lumineux et entreprend de tout nous expliquer sur un ton très calme. Il confirme en tous points le diagnostic établi à Genève : le syndrome de la jonction à mon rein gauche, la tumeur, sa taille hors norme, le risque d'explosion. Il fait part de son inquiétude, formule des hypothèses et prononce un mot : maligne.

« Si on n'opère pas rapidement, vous n'aurez plus aucune fonction rénale. Il faut retirer la tumeur au plus vite. Votre rein droit compense le dysfonctionnement du gauche depuis votre naissance, mais la tumeur le recouvre maintenant presque entièrement, il est atrophié et ne peut plus faire son travail.

Nous restons les bras ballants. J'écoute sans comprendre complètement.

— Comment faites-vous pour vivre avec ça ? Vous devez être épuisée, me demande-t-il.

— Je suis épuisée, oui. Parce que ma vie est épuisante. Je travaille énormément, je cours du matin au soir. Je me réveille à quatre heures du matin pour réviser mes cours pour mon MBA, je sors le soir. Oui, je suis fatiguée, mais pas plus que ça, c'est normal d'être fatiguée. Je tiens le coup. »

J'assiste à ce rendez-vous en spectatrice. Je ne pose aucune question, je ne parle pas, ou peu. J'entends les mots : tumeur, opération, urgence, maligne… Je vois le visage blême qui trahit l'inquiétude du médecin derrière le calme affiché. Mais je ne parviens pas à les relier à ma situation. Encore une fois, je me surprends à plaindre ce médecin qui a tant de problèmes, cette personne dont la situation a l'air si grave.

Nous restons obnubilés par le départ en vacances prévu le surlendemain, après ces folles 48 heures, ça nous fera du bien, pensons-nous. « Nous devions prendre un vol pour les Seychelles après-demain, pensez-vous qu'on peut maintenir le voyage ? », demande Alexandre. S'il nous a jugés inconscients, le docteur B. n'en a rien montré. À cette question qui me paraît aujourd'hui totalement incongrue, et même irresponsable, il est resté stoïque. Aussi calme et placide que possible.

« Je peux faire une première intervention dans la journée pour installer une sonde et permettre au rein gauche de fonctionner.

Un temps de silence.

— Et vous rentrez quand des Seychelles ?

Notre retour est prévu une semaine plus tard.

— Bien, on programmera la chirurgie à votre retour. Il faudra que vous restiez allongée tout le temps du voyage. Quand vous serez sur place, évitez de marcher, ou alors tout doucement, et surtout, ne faites aucun geste brusque. Allongez-vous dès que c'est possible. »

Les mêmes injonctions que la veille à Genève. Je m'agace et déballe tout haut le laïus que j'avais gardé pour moi la veille, à Genève.

« Mais enfin, jusqu'à avant-hier, je faisais des abdos tous les matins, je courais perchée sur mes hauts talons !

Je suis hyperactive et tout se passe très bien. Je ne vois pas pourquoi il faudrait tout changer d'un coup ?! »

Nous promettons néanmoins. Je resterai allongée, je ne marcherai pas. S'il ne faut que cela pour que l'on nous autorise à partir, je suis prête à m'y conformer.

Je suis hospitalisée dans la foulée de la consultation. L'opération, la première d'une longue série, doit avoir lieu l'après-midi même. On me pose une sonde qui permettra au rein gauche de faire son travail pour la première fois de sa vie. Je passe la nuit à l'hôpital.

Le lendemain matin, le jour de Noël, Alexandre fait une entrée fracassante dans ma chambre. Il a apporté la pompe, un dessert aixois que l'on mange traditionnellement à Noël. Il est tout fier de me faire découvrir cette spécialité. Même si ça agrémente le petit-déjeuner un peu triste de l'hôpital, ça s'avère aussi sec que les biscottes qui accompagnent le café fade servi ici. Il est tellement content que je fais bonne figure. Quelques heures plus tard, je suis autorisée à sortir. Comme prévu, nous prenons l'avion le lendemain.

Nous tentons de respecter au mieux les consignes délivrées par le docteur B. Je reste allongée pendant toute la durée du vol. À notre arrivée à Mahé, il nous faut toutefois prendre l'un de ces tout petits avions à hélices qui assurent les transits d'île en île. À leur bord, pas question d'être allongée. On y tient à peine debout et c'est tout juste s'il y a assez de place pour les jambes entre deux rangées de fauteuil. Je tente de m'installer le plus confortablement possible pour échapper aux secousses du petit coucou qui nous mène sur l'île où se trouve notre hôtel.

Pendant le séjour, je ne marche pas, ou alors très peu et à tout petits pas, aussi lente qu'une tortue. Nous décidons tout de même d'aller visiter l'île de la Digue. Seulement, dans la nature vierge de ces îles magnifiques, il n'y a pas de route goudronnée pour nous mener à bon port. Alexandre négocie avec un homme du village et finit par me dégoter un chariot tiré par un bœuf pour notre périple. Je suis installée à l'arrière de la carriole. Un engin agricole tout droit sorti du XIXe siècle. Quelques planches de bois, quatre roues, un harnais et voilà tout. Je ne savais même pas que ça existait encore. Nous voilà partis, Alexandre, le chariot, le bœuf, son propriétaire et moi, à travers la jungle censée nous conduire à ce paradis.

Alexandre marche devant, à côté du bœuf et de son propriétaire. Nous nous élançons, si l'on peut dire, sur le chemin tortueux qui traverse la forêt et doit nous conduire à la plus belle plage du monde, le « joyau des Seychelles » niché dans un écrin idyllique, selon les expressions consacrées des guides touristiques qui rivalisent de superlatifs.

La route est longue, le bœuf est lent. Extrêmement lent. Le chemin, en pierre et en sable, est constellé de trous, d'ornières de différentes tailles, de cailloux et de rochers. Nous avançons cahin-caha, mais je suis assise, je respecte la promesse faite au médecin. Très vite, je perds patience. L'allure du bœuf n'est pas celle d'un cheval. C'est d'ailleurs ce qui explique le succès du char à bœuf à travers les siècles : sa lenteur assure la stabilité du véhicule, même sur des routes mal entretenues.

La pauvre bête a envie de brouter les buissons gras qui bordent le chemin : jaune des fleurs d'hibiscus, orchidées de toutes les couleurs, vert émeraude et rose des bougainvilliers, vert plus clair des eucalyptus, vert cru du tamaka ou du porcher, bananiers… la végétation luxuriante lui offre, c'est sûr, bien des tentations. Il faut négocier mètre par mètre, nous avançons à deux à l'heure. Dans mon chariot, je piaffe. Je n'y tiens plus et m'agace : même avec mon allure de tortue j'irais plus vite que cet animal de malheur ! Qu'on me laisse marcher ! Je supplie, je promets : je ferai attention, j'irai tout doucement, ça ne peut pas me faire de mal. En vain, Alexandre se montre inflexible.

Confinée à l'arrière de mon chariot, je finis par accepter la situation. J'observe chaque fleur, chaque arbre inconnu, j'ai le temps. Au bout du compte, nous sommes arrivés à destination, puis retournés au port. Aujourd'hui, de ce trajet ou de la beauté du site, je ne sais pas ce qui me reste le plus en mémoire.

À ce moment-là, j'ai déjà conscience que c'est grave, que je n'ai pas un simple rhume, mais je ne prends pas la mesure de ce qui m'attend. Le mot cancer n'a pas encore été prononcé même s'il est déjà omniprésent ; la veille encore, je menais une vie normale, une vie à cent à l'heure perchée sur mes escarpins, emplie de travail et d'amis. Et puis, l'opération a été un succès. La pose de la sonde m'a apporté un soulagement presque immédiat. La douleur n'est plus qu'un souvenir. Je me sens beaucoup mieux.

L'opération pour retirer la tumeur est programmée une semaine après notre retour, le 9 janvier. Le 3 janvier, le docteur B. procède à une nouvelle intervention sur la sonde urinaire posée à mon rein gauche. En attendant le 9, je travaille à distance. Allongée sur le canapé dans la maison d'Alexandre à Aix, je suis collée à mon ordinateur du matin au soir.

Le docteur B. m'a arrêtée, mais la période de fin et de début d'année est toujours extrêmement chargée dans les directions financières, et j'ai promis de faire ma part malgré mon absence. Il faut boucler les comptes, finaliser les budgets, le travail est dense, je m'y attelle et tente de m'avancer un maximum avant l'opération. C'est tout ce à quoi je pense. La situation à mon travail est tendue, ma responsable ne voulait pas m'embaucher, la décision avait été prise par son supérieur. Elle est à l'affût de la moindre erreur pour s'en servir contre moi, je le sais. Alors je m'applique à faire le maximum.

Quand j'ai pris ce travail, c'était comme un aboutissement : un poste d'adjoint directeur des finances. C'était une sorte de Graal, ce vers quoi j'avais tout construit, tout orienté. J'ai toujours baigné dans l'univers des hôtels. Lorsqu'elle habitait encore au Pérou, ma mère était directrice financière d'une petite chaîne d'hôtels à Cuzco. Elle travaillait énormément, et après le divorce de mes parents, nous étions souvent fourrés dans les hôtels avec mon frère. Nous jouions à chat dans les couloirs, nous parlions avec les clients.

Plus tard, quand j'étais ado, je passais la plupart de mes vacances à Lima. La première femme de mon père avait quitté Cuzco pour la capitale avec ses enfants. Mon père a toujours été attaché à ce que tous ses enfants grandissent ensemble. Après l'école, le week-end, je passais des heures avec mes demi-frères et sœurs chez leur mère, que j'appelais Maman Nora, ce qui avait le don d'horripiler ma mère. C'est maman Nora qui m'a appris à coudre, c'est avec mes demi-sœurs que j'ai appris à me maquiller, les premières sorties en boîte, à elles que je parlais de mes amoureux…

Lorsqu'ils ont déménagé à Lima, j'y passais le plus clair de mes vacances, notamment l'été. Maman Nora y avait repris un petit hôtel de quelques chambres et tout l'été, nous y travaillions tous, des plus jeunes aux plus âgés, dans une ambiance joyeuse. Elle faisait la cuisine, mon demi-frère, qui était ingénieur, s'occupait de la partie financière et des achats, Ursula, ma demi-sœur chérie, avait fait un lycée hôtelier et supervisait l'hôtel. Nous, les plus petits, étions mis à contribution, chacun en fonction de son âge et de ses capacités : j'étais affectée à la réception, aux petits-déjeuners, parfois en aide des femmes de chambre… J'adorais ça. L'ambiance qui régnait, les attentions envers les clients. D'aussi loin que je me souvienne l'hôtellerie a fait partie de ma vie.

Quand il a fallu choisir une université, j'ai opté pour le management hôtelier. Contre l'avis de mon père. Lui, l'ingénieur, considérait les études d'hôtellerie comme le bas de l'échelle, la filière des ratés et des glandeurs, ceux qui partent en vadrouille toute la journée au lieu de rester assis à recevoir un enseignement sérieux, ceux qui se tournent les pouces sur la place principale au lieu de bûcher… Mais je me suis accrochée. Au fond de moi, je savais déjà ce que je voulais. Les maths, les chiffres, les calculs font aussi partie de mon univers, et j'aimais ça. Direction financière. L'objectif était là, il a toujours été là. Sans en avoir pleinement conscience, je marchais sur les traces de ma mère.

J'ai entendu parler de l'école hôtelière de Lausanne à mon arrivée en France. Mais je n'avais pas un sou en poche, je travaillais au Mac Do pour financer mes études et mon logement. C'était inaccessible. Ma mère avait tout plaqué en arrivant en France, elle était devenue nounou. Elle m'aidait autant qu'elle pouvait, mais une école comme Lausanne, aussi prestigieuse, dont le coût avoisine celui des grandes écoles de commerce, c'était hors de portée, pour elle comme pour moi.

Par orgueil peut-être, pour tenter le coup, pour ne pas avoir de regrets, j'avais tout de même envoyé ma candidature. Un soir, alors que je rentrais du Mac Do, mon coloc m'annonça que j'avais reçu une lettre de Lausanne. Dans ces lettres, seuls les quatre premiers mots comptent : « Nous avons le regret » ou bien « Nous avons le plaisir ». Le reste est superflu. J'ouvris la lettre : « Nous avons le plaisir. » Je me mis à pleurer.

« Pourquoi tu pleures ?

— Parce que je suis admise à Lausanne, répondis-je entre deux hoquets.

Perplexe devant ce qu'il considérait, à juste titre, comme une bonne nouvelle, mon colocataire demanda des explications.

— Je n'ai même pas l'argent pour payer les frais d'inscription ! C'est mon rêve, mais c'est impossible, expliquai-je. »

Je me consolai en me disant que j'avais le niveau, pour mon orgueil, au moins, j'étais prise. C'était déjà ça. Et ça signifiait que j'étais légitime. Je cachai la lettre à ma mère. Je ne voulais pas lui faire porter ce fardeau, la mettre dans l'embarras. Je passai mes examens à la fac, j'étais en droit à Marseille. Dans les derniers jours des examens, juste avant de partir au Pérou pour les vacances d'été, je finis par tout lui raconter. « Tu vas y aller, je me débrouille, mais tu vas y aller », répondit-elle. Comme prévu, je passai le mois de juillet au Pérou. Je ne pensais plus à cette conversation, j'avais fait mon deuil, mis tout ça dans un coin de ma tête, c'était trop cher, voilà tout.

Et puis un jour, un coup de fil de ma mère : « Fais tes valises, tu dois commencer les cours à Lausanne la semaine prochaine ! » Elle avait fait ses comptes, contacté une cousine émigrée à Lausanne, tout organisé : j'irais en cours et je pourrais habiter chez la cousine, en échange, je garderais son bébé, je trouverais des petits boulots pour le reste. J'avais quarante-huit heures pour faire mes valises, trouver un avion – mon retour en France était prévu fin août – et arriver à Lausanne. Je quittai le Pérou en quelques heures, tout juste eus-je le temps de faire mes adieux, fis une courte halte à Marseille, où ma mère m'avait préparé quelques affaires : feuilles, crayons et tailleur de rigueur à l'école.

J'arrivai à Lausanne le 1er août 2001. Le jour de la fête nationale suisse. Mes cousines m'emmenèrent avec elles pour un barbecue au bord du lac Léman. Il y avait des feux d'artifice dans tous les villages alentour. J'étais émerveillée.

Le lendemain, les cours démarraient. J'étais impressionnée, morte de peur. Le campus, moderne, en retrait de la ville, en surplomb du lac, en lisière de forêt, était étincelant. À l'image du monde de l'hôtellerie de luxe sur lequel ses anciens élèves règnent en maîtres. À cause de mon inscription tardive, je n'avais pas pu participer à la semaine d'intégration. Les groupes étaient déjà faits.

Je me sentais comme un cheveu sur la soupe, moi, l'immigrée péruvienne au milieu de tous ces jeunes gens de bonne famille. J'avais l'impression d'être dans un film d'ados américain. Tirés à quatre épingles, brushings impeccables, costumes de marque à la coupe parfaite, tous les étudiants venaient de milieux ultra-privilégiés. Leurs parents étaient souvent eux-mêmes propriétaires d'hôtels, ils avaient l'air parfaitement à l'aise dans cet environnement. Moi, je n'en revenais toujours pas d'avoir été prise dans cette école, je n'avais pas encore complètement réalisé que j'allais réellement y poursuivre ma scolarité, j'avais 25 ans, la majorité d'entre eux venaient de passer le bac. Avec mon tailleur bon marché et mon accent, je me sentais extérieure à tout ça, en décalage.

Toute la première semaine, je déjeunai toute seule, au self. Il y avait cinq restaurants pour déjeuner à l'école, mais je n'osais pas y aller. Et puis, à la première évaluation, je fus la seule à obtenir la meilleure note. Médusée, j'eus même droit aux éloges publics du professeur. Mes craintes s'envolèrent. Petit à petit, les autres commencèrent à me remarquer et ils vinrent me parler. Du même coup, je compris qu'en travaillant beaucoup, je pourrais y arriver. Ma mère n'avait pas investi en vain. Cela calma un peu ma peur d'échouer, que tous les sacrifices consentis par ma mère ne servent à rien. En fin de compte, ma place était bien là. Par la suite, ç'a été plus facile. C'était parti.

Pendant six mois, j'habitai en ville, chez ma cousine, à une heure de transport de l'école. À six heures du matin, je partais déposer son fils à la crèche, puis j'allais à l'école. Presque tous les étudiants habitaient sur le campus. On y travaillait souvent tard, lorsqu'il y avait des travaux de groupes, il fallait rester dans la chambre de l'un ou l'autre. Moi, j'avais encore une heure de transport pour rentrer. J'ai très vite cherché des petits boulots. J'avais en tête de prendre une chambre sur le campus.

« T'es libre, là ? On a besoin de quelqu'un pour le service, un extra.

— Un quoi ?

Je n'en avais jamais entendu parler.

— Un serveur en plus. Pour une soirée. T'es libre ? Il faut juste une jupe noire, t'en as une ?

Je venais de faire connaissance avec une personne importante, le chef de la « mafia des extras » de l'école. Bien sûr que j'étais libre ! Je courus emprunter une jupe noire à une copine et revins aussitôt.

— Je suis prête ! On y va ? »

J'avais enfin trouvé le moyen de travailler en plus de l'école. Tous les restaurants, les salles de réception, les musées, les institutions de la région faisaient appel à l'école pour avoir des extras pour le service et le bar. Pour une raison qui m'échappe encore, cet étudiant se retrouvait à la charge de cette manne ô combien précieuse. Le « poste » devait se transmettre de génération en génération. Le processus de recrutement était simple : il privilégiait systématiquement ses amis. À partir de ce soir-là, je n'ai refusé aucun extra proposé. On finissait parfois à trois ou cinq heures du matin, je n'avais aucun moyen de transport, ce n'était pas évident. Et puis j'étais à la fin de sa liste, je ne faisais pas partie de son cercle proche. Je n'arrivais pas à travailler assez souvent.

À la fin d'une soirée organisée au musée Olympique de Lausanne, un gros pourvoyeur d'extras, au moment de la paie, j'ai tenté ma chance. « Excusez-moi, si jamais vous avez besoin d'un seul serveur, ça peut arriver pour certains événements, voilà mon numéro de téléphone, n'hésitez pas à me contacter, je suis disponible. » Je devins l'extra officielle du musée. L'argent gagné me permit d'acheter une petite voiture d'occasion, et finalement d'emménager dans une chambre étudiante sur le campus. La vie devint plus simple. Je pouvais me concentrer sur mes cours et même économiser.

L'argent des extras me permit aussi de payer le visa G1 nécessaire à l'époque pour faire des stages aux États-Unis. À Lausanne, la dernière année d'études est une année de stage. Grâce à ces économies, j'eus la chance de pouvoir partir aux États-Unis à la fin de mes études. Cela coïncida aussi avec le début d'une longue errance professionnelle qui commença très vite, dès mon arrivée sur mon premier lieu de stage, dans les Keys, près de Miami, à l'été 2002.

En fait de *management training* – le stage que j'étais supposée suivre et qui devais me conduire dans les différentes directions de l'hôtel –, je fus cantonnée au service du petit-déjeuner, puis, comme je me plaignais de ne pas effectuer le stage promis, soutenue par Lausanne qui écrivait régulièrement à la direction de l'hôtel, je fus baladée de service en service pour des tâches toujours plus éloignées de la formation promise : hôtesse d'accueil, réception, jusqu'à la déchéance : préposée aux pancartes des petits-déjeuners !

Voyant que la situation n'évoluait pas, l'école m'aida à trouver un autre stage. Je traversai les États-Unis d'est en ouest, et atterris finalement au Sutton Place, à Newport Beach, en Californie. Là-bas, la directrice financière prit ma formation en main. Parmi tous les patrons que j'ai rencontrés sur ma route, c'est sans doute celle qui m'a le plus marquée. Grâce à elle, j'ai appris toutes les ficelles du métier, elle m'a fait confiance au-delà de ce que j'attendais. Cela dura plus d'un an, tant que mon visa restait valable. Elle convainquit la direction de l'hôtel de m'embaucher et engagea les démarches pour obtenir un visa. Malgré tous leurs efforts, l'administration américaine resta sourde. Faute d'obtenir le visa américain, je dus quitter la Californie et retourner en Suisse.

Après des mois à chercher du travail à Lausanne sans succès, une directrice des ressources humaines finit par m'expliquer la raison de ce chômage longue durée : « Votre profil est super, mais je vais vous dire la vérité parce que je vois que vous cherchez depuis longtemps. Personne n'osera vous le dire, mais vous perdez votre temps. Vous n'avez pas de permis de travail européen, vous ne trouverez pas de travail en Suisse. » J'avais un visa étudiant qui me permettait de rester cinq ans en Suisse, d'avoir des petits boulots, mais pas un vrai emploi. Je devais quitter la Suisse.

Je retournai en France, où je pouvais travailler. À nouveau, je postulai à des centaines d'offres sans trouver le moindre poste qui correspondait à mes compétences et à mon niveau d'études. Je me heurtai au mépris des recruteurs : « Vous, les élèves de Lausanne, vous pensez que vous allez sortir de l'école et avoir un poste de directeur comme ça, sans rien faire ! » Je finis par accepter un job de réceptionniste à St-Jean-Cap-Ferrat. Un hôtel ultra chic avec des clients odieux, qui vous claquent la porte au nez. Je n'en revenais pas : trois mille euros la nuit et des comportements de voyous.

Après cette courte expérience, je posai mes valises à Paris. J'avais trouvé un poste au Hilton de la tour Eiffel, comme réceptionniste à nouveau. Je déteste la réception. Il faut essayer de vendre des suppléments, faire face aux exigences, pour ne pas dire aux caprices des clients. Cela demande des qualités que je n'ai pas. J'étais invariablement tout en bas des tableaux qui récompensaient les meilleurs employés, ceux qui vendaient le plus de prestations. Je ne sais pas faire ça : vendre une bouteille de champagne, un tour de Paris en Deux-Chevaux, une vue sur la tour Eiffel en se penchant par la fenêtre pour la modique somme de 300 euros en plus par nuit… Ce n'est pas mon truc, si on me dit non, je m'arrête, et puis dans le fond je suis plutôt d'accord avec le client qui me répond : « Pour quoi faire ? Dès que je sors de l'hôtel, j'ai la vue sur la tour Eiffel ! »

En voyant une annonce pour un hôtel du même groupe à Roissy – une vraie annonce, pas un énième petit boulot – dans une direction financière, je sautai sur l'occasion. Je suppliai le directeur : « Prenez-moi à l'essai. Si ça ne fait pas l'affaire au bout de trois mois, vous ne me gardez pas. »

Ça a marché. En 2006, quatre ans après avoir quitté Lausanne, j'avais enfin mon premier vrai emploi, avec un salaire correct. Le plus dur, c'était de prendre le RER B tous les jours, ses arrêts intempestifs, ses retards, ses rames bondées… Au bout d'un moment, je pus m'acheter une petite voiture d'occasion. J'avais aussi engagé les démarches pour obtenir la nationalité française, que j'obtins deux ans après mon retour. Mon colocataire était venu avec sa sœur à la cérémonie. On me remit mon certificat, j'étais très émue. Nous avons célébré ça au champagne, tous les trois.

Peu de temps après, je reçus une proposition pour aller travailler dans un hôtel à côté de Londres, The Berkeley. J'étais bien sur les rails de la vie professionnelle. Ma mère avait eu raison de croire en moi, je suivais le chemin tracé dans l'hôtellerie. Je remplis ma petite voiture avec les deux valises qui contenaient tout ce que j'avais. À nouveau, je repartais à zéro : il me fallait trouver un appartement, une nouvelle colocation avec de nouvelles personnes, trouver un nouvel abonnement en bibliothèque… On peut suivre mes pérégrinations dans le monde grâce à ces abonnements ; c'est la première démarche que je fais lorsque j'arrive dans un nouveau pays, juste avant de trouver une salle de sport qui dispense des cours de yoga.

Ensuite, tout s'est enchaîné. L'Intercontinental de Genève me proposa le poste que je convoitais depuis tout ce temps : adjointe au directeur financier. Le poste promis en Californie cinq ans plus tôt, que, faute de visa je n'avais pu obtenir. Tous ces déménagements, tous ces efforts pour finalement y arriver, cinq ans plus tard.

À nouveau, je pris ma petite voiture et quittai Londres, mes deux valises dans le coffre. En 2008, à 32 ans, je ne possédais rien : pas de meubles, pas d'animaux de compagnie, pas d'enfants, pas de télé, d'électroménager, pas même une cuillère. Rien. Depuis que j'ai quitté le Pérou, ma vie a toujours tenu dans deux valises. Aujourd'hui encore, dans un coin de ma tête, je me laisse toujours la possibilité de tout quitter et de partir avec mes deux valises.

En arrivant à Genève, pour la première fois je louai un appartement seule. Un vrai, rien qu'à moi. En discutant avec mon patron, le directeur financier de l'hôtel, je plaisantai sur cet appartement qu'il me fallait meubler de A à Z, en commençant par les cuillères.

« À votre âge, vous n'avez rien ? » Interloqué, il m'offrit de récupérer des meubles.

Une grande rénovation s'engageait, la moitié de l'hôtel allait être fermée, elle datait des années 1950 et devait être refaite de fond en comble. L'Intercontinental se débarrassait d'une grande partie des meubles, du linge, et même de la vaisselle. Une brocante allait être organisée, autant que le surplus serve aux employés qui en avaient besoin.

« La suite du dernier étage va être vidée. Allez-y et mettez une étiquette sur ce dont vous avez besoin », proposa-t-il.

La suite présidentielle. Elle faisait partie de la rénovation engagée. Je n'en revenais pas. J'en ressortis avec un lit, un canapé, un fauteuil, une table basse, une lampe. Tous les gros meubles, en somme. Mon appartement est devenu un petit condensé de cette suite. Elle m'a suivi longtemps, elle a accompagné mes déménagements successifs, jusqu'à Marseille, chez ma mère, puis est revenue en Suisse lorsqu'elle s'y est installée. Nous étions toutes les deux très fières. C'était chic, les meubles de la suite présidentielle, ce n'était pas rien.

J'avais enfin une situation : un bon métier, un bon salaire, un appartement et même une suite présidentielle. J'allai chez Ikea acheter de la vaisselle, des draps, tout ce qu'il faut. J'étais installée, ma trajectoire professionnelle lancée.

Lorsqu'on me proposa ce nouveau job, un an et demi plus tard, en 2010, chez Kempinski, une grande chaîne d'hôtels de luxe suisse, je n'hésitai pas une seconde. C'était la suite logique du parcours : travailler au siège d'un grand groupe hôtelier. L'entrée au MBA s'inscrit dans cette perspective. Il doit me permettre de passer à l'étape d'après, d'obtenir de meilleurs postes.

Voilà pourquoi, au retour des Seychelles, je reste rivée à mon ordinateur sur le canapé de la maison d'Alexandre. Jusqu'à la dernière seconde, jusqu'à l'opération : je ne veux pas perdre tout ça. À cette époque, je n'ai pas d'enfant, je n'ai construit aucune famille et la mienne est éparpillée aux quatre coins du globe, mes amis aussi. Mon travail, toutes ces années de lutte pour en arriver là, c'est tout ce que j'ai. C'est ce qui me définit, et j'y tiens absolument.

Avant d'être hospitalisée, je préviens le MBA que je ne pourrai pas assister à la prochaine session. J'ai peur que ça décale mon diplôme. Pas d'inquiétude à avoir, me répondent-ils. Pour un module manqué, il sera possible de trouver des modalités de rattrapage. Cela ne devrait pas perturber le cursus. J'écris aussi à ma cheffe et mon directeur financier. Je prends soin de mettre tout le monde en copie pour être sûre que l'information ne se perdra pas en route. Je n'ai aucune confiance. Je leur transmets les images du scan et de l'IRM, les comptes rendus médicaux et les justificatifs fournis par les médecins : je dois subir une petite opération, je serai de retour rapidement. Un mois au plus tard.

Le 9 janvier 2012, comme prévu, j'entre à l'hôpital pour la tumorectomie. Alexandre est là, son frère aussi. Ma mère a annulé son voyage au Pérou, mais elle est repartie à Genève pour son travail. J'ai scrupuleusement respecté les consignes pré-opératoires : je suis à jeun depuis plus de douze heures ; j'ai ôté mes bijoux, même le piercing au nombril que j'avais fait en cachette de ma mère des années plus tôt et qu'elle avait découvert, ironiquement, un jour d'hiver alors que j'enfilais un manteau ; j'ai pris ma douche à la bétadine, la veille au soir et le matin tôt, cette douche qui rend la peau et les cheveux secs et dont l'odeur, âcre, allait devenir tellement familière même si je ne m'y suis jamais faite. Enfin, j'ai passé la blouse réglementaire et la charlotte bleue fournies pour l'opération.

On me prépare. Je regarde, médusée, les infirmières tracer une énorme croix au marqueur noir sur ma cuisse droite. Toutes les images, les comptes rendus mentionnent clairement le côté de l'organe à opérer, les hôpitaux sont équipés de technologies de pointe, on est capable de greffer des cœurs artificiels, de déceler par imagerie la plus infime lésion à un organe, mais il demeure nécessaire de tracer une croix au feutre noir pour être sûr que le chirurgien ne se trompe pas de côté. J'en plaisante avec les brancardiers qui me descendent au bloc.

3.

Au plafond les néons dansent. Leur lumière blanche s'imprègne sur ma rétine : taches bleues, rouges, noires, jaunes au fond des yeux. Tout est flou. Tout autour de moi, je distingue une forêt de fils, il en émane de partout, mon nez, mes bras, mes poignets, ma poitrine… À travers cette jungle, je ne perçois que du blanc. Sensation renforcée par la clarté crue des néons. J'ai la nausée, le cœur au bord des lèvres.

L'odeur âcre de l'hôpital me prend à la gorge : antiseptique, médicaments – cette odeur caractéristique qui en fait tourner de l'œil plus d'un, cette odeur qui vous prend aux tripes, qui fait qu'immédiatement vous savez où vous êtes, qui s'imprègne sur vous : corps, cheveux, vêtements. La propreté immaculée de la salle de réveil, malgré les compresses imprégnées de sang, de bétadine, les humeurs qui s'écoulent des corps. Je peine à ouvrir les yeux.

Ma tête pèse une tonne, je ne peux pas bouger, je bascule dans un monde de sensations. Claquements de talons, portes qui s'ouvrent, se ferment, froufrou de l'air qui entre et sort du respirateur, bips stridents qui émergent de toutes parts, mais en moi, le silence. Le silence et le son du sang qui affleure dans mes tempes, ses battements réguliers. J'ai soif, la bouche pâteuse, les lèvres gercées, tellement déshydratée que ma langue colle au palais. L'infirmière ne me permet de boire que par petites gorgées, je brûle de lui arracher le verre des mains, mais c'est elle qui m'arrache la paille de la bouche. Si je bois trop, je risque de vomir.

Dans tout ce blanc, les reflets dorés de la couverture de survie. J'ai soudain froid. Le battement dans mes tempes se fait plus fort. Je ferme les yeux. Lorsque je les rouvre, la même clarté, les mêmes sons, les mêmes odeurs. Combien de temps s'est écoulé ? Est-ce le jour ? La nuit ? Impossible de savoir.

Blouses blanches, blouses bleues, le ballet s'agite tout autour. Je perçois les voix, féminines, masculines, graves, aiguës, haut perchées, le ton calme qui domine, précis, ferme, l'économie de mots. Il fait chaud désormais. J'essaie de me découvrir, mes doigts bougent un peu, mais mes mains, mes jambes ne répondent pas, je sombre à nouveau.

Une silhouette se penche vers moi : « L'opération s'est bien passée. » C'est ce que j'ai compris, c'est ce que j'ai cru comprendre. Antoine, le frère d'Alexandre, passe à mon chevet. Il en a le droit, il est médecin, il travaille dans cet hôpital, il peut accéder à ce sanctuaire où les visites sont comptées, où seule compte la survie du patient. Alexandre est venu me dit-il, je ne m'en souviens pas. Il me parle, il me regarde. Son regard ami, sa voix douce, sereine, rassurante : un point d'accroche. Je n'entends pas ses mots, les battements dans ma tête prennent toute la place. Je peux remuer les mains, les pieds, lever la tête. Avec le mouvement vient la douleur.

L'opération s'est bien passée. Mon corps labouré, un champ de bataille. Les fils, les électrodes, les machines, indispensables : pour manger, boire, respirer, se soulager, apaiser la douleur omniprésente. Avaler, relever la tête, tousser – ne surtout pas tousser, ça mobilise tous les muscles de l'abdomen –, tous les points douloureux… jusque dans les plus petits gestes du quotidien. Changer le drain posé pour maintenir la plaie saine : douleur. Changer la poche installée pour évacuer mes urines : douleur. Changer la perfusion qui m'apporte eau, nutriments et médicaments : douleur. Piqûres quotidiennes : douleur.

L'infirmière vient de faire les soins, la souffrance est si vive qu'il me semble avoir été ouverte sans anesthésie.

« C'est normal d'avoir mal, Madame. Vous êtes en réanimation, ce n'est pas une promenade de santé, objecte-t-elle à mes plaintes.

Moi, du tac au tac :

— Vous devriez changer de métier. Pourquoi êtes-vous si brutale ? »

Mais l'était-elle vraiment ? Tout ce que je sais, c'est que pas un mouvement, une position, un instant ne m'apporte un soulagement. Tout mon être est pris par l'intensité de la douleur, de manière constante. De la tête aux pieds, mon corps entier, même mes fesses, à force d'immobilité, me font mal, l'inconfort est total. Jamais, dans ma vie, je n'avais été confrontée à un tel degré de souffrance physique.

Je me jette sur la morphine pour que cela cesse. Dormir enfin. C'est devenu mon obsession, mon seul but, ce à quoi je pense à chaque instant, ce qui occupe mon esprit tout entier : sombrer dans un sommeil réparateur, dormir d'une traite, sans réveil brutal, sans bip strident du respirateur qui me dit que je suis en vie, mais me réveille en sursaut, sans visite ni soins, simplement dormir et me réveiller fraîche, dispose, en forme, émerger – pourquoi pas ? – de ce cataclysme, ce drame dont je suis la protagoniste et auquel je n'étais pas préparée, un répit, une trêve, à tout le moins, dans les assauts que subit mon corps.

J'appuie frénétiquement sur la petite pompe accrochée à l'un des fils reliés à mon corps. Elle me permet d'ajuster les doses de morphine en fonction de la douleur ressentie. Ça ne marche pas. J'ai mal, encore, toujours, j'ai mal. J'en réclame davantage. « Je ne peux pas vous en donner plus, Madame, l'appareil est bloqué, vous avez dépassé les doses maximales. » L'impuissance de l'infirmière, son regard désolé, sa réprobation… Reste la douleur.

Il m'en faut plus et pourtant la morphine ne soulage rien. Ni la douleur, latente, omniprésente, ni la fatigue. Elle me fait sombrer dans un monde inquiétant, poisseux, un monde d'épouvante. Un cauchemar sans fin, dont je ne sors pas. Des monstres atroces, gluants, visqueux me pourchassent sans relâche. Avec le sommeil vient l'effroi, la panique. Mon cœur bat à toute vitesse. Immobilisée dans mon lit, je suis engluée dans un sentiment d'angoisse.

Au réveil, un court instant de répit : il n'y a pas de monstre, c'est un cauchemar, rien qu'un cauchemar, tout va bien, tout ira bien. Mais aussitôt, la douleur prend le relais, ventre, tête, bras, nausée… Pas une cellule épargnée. Dès que je sombre à nouveau, le cauchemar reprend, les mêmes monstres crasseux, leurs allures fétides, la même panique viscérale, les battements de cœur qui s'accélèrent. Je suis prise dans un cycle qui me semble immuable, une machine infernale que je ne parviens pas à enrayer.

Au bout de trois jours, je sors enfin de réanimation. Enfin, je vais m'éloigner du bruit, de la lumière oppressante. Enfin, je retrouve un semblant de normalité, un peu de calme, une trêve, et peut-être même une forme de soulagement. Pas un mot à l'infirmière, ni au revoir ni merci, dans ma tête je pense adieu, à jamais j'espère.

Lorsque les brancardiers me remontent dans les étages de soins de suite, j'apprends que je vais devoir partager ma chambre avec une autre patiente en attendant qu'une chambre individuelle soit disponible. Envolés, les rêves de calme et de repos ! Ma voisine est charmante, discrète et sympathique, mais ma nature râleuse et impatiente prend le dessus. Ça m'agace, je n'ai pas envie de partager ma souffrance avec cette femme. J'ai envie d'être tranquille, seule, dormir enfin, sans être interrompue par des machines, pas de devoir faire la conversation, faire semblant d'être polie, d'être en représentation. Évidemment, je ne dis rien, je garde mon énervement pour moi, je compose avec la télévision allumée, mais au-dedans, je ne peux pas m'empêcher de lui en vouloir de sa présence.

Les infirmières m'installent dans mon lit. Elles branchent les perfusions, arrangent les couvertures, vérifient que je suis confortable et me montrent le bouton d'appel : « Surtout, vous ne vous levez pas. Si vous avez besoin de quoi que ce soit, vous pressez sur le bouton pour nous appeler. »

Quelques heures plus tard, j'ai envie de faire pipi. J'ai beau savoir qu'il m'est interdit de me lever, je me refuse à appeler à l'aide. Pas pour ça. Je suis adulte, je suis tout de même capable de me débrouiller seule pour aller aux toilettes, je ne vais pas déranger trois personnes juste pour ça ! J'ai toujours été indépendante, je n'ai besoin de personne. Allez, bouge-toi ! Tu es malade, mais ce n'est pas une raison ; tu restes valide et saine d'esprit. Je donne des ordres à mon corps. Il est peut-être défaillant, mais mon esprit, lui, se porte à merveille et ne l'entend pas de cette oreille. C'est le début d'un dialogue de sourds entre les deux. Ma tête s'agace d'être limitée, elle veut secouer le corps. Mais le corps, qui ne peut pas, réclame de l'indulgence. Trouver un terrain d'entente peut prendre beaucoup de temps. Pour l'heure, mon esprit ne cède pas, c'est lui qui prend le dessus : c'est décidé, j'y vais seule, je me débrouillerai très bien malgré les interdictions, ça n'est pas si compliqué de répondre à un besoin aussi basique.

Je rassemble mes forces et prends appui sur mes bras, redresse mon buste, fais basculer mes jambes d'un côté de mon lit – ça marche –, je pose mes pieds sur le sol, me mets debout et entreprends de faire le trajet, accrochée à mon pied à perfusion. J'arrive jusque dans la salle bains et m'assois sur les toilettes. Jusque-là tout va bien, mon esprit jubile, il avait bien raison de ne pas capituler, on n'allait pas se laisser aller ainsi.

Ensuite, tout va très vite. Les souvenirs sont parcellaires, mais vifs : le sol qui se rapproche de mon visage à une vitesse vertigineuse, le contact froid du lino sur ma joue. En quelques secondes, je me suis évanouie, tombée la tête la première contre le sol de la salle de bains. Au bout d'un moment – je ne sais pas combien de temps –, les infirmières arrivent en hâte et m'aident à ressortir.

Ma compagne de chambre, alertée par le fait que je ne ressortais pas de la salle de bains, les avait appelées. Cette voisine de chambre dont je ne voulais pas est à l'origine de mon salut. Sans elle, qui sait combien de temps j'aurais passé, face contre terre dans cette salle de bains ? Je l'ai bénie dans mon for intérieur et m'en suis voulu de mon agacement. Un peu honteuse, je me confonds en remerciements.

Les infirmières me réprimandent comme une enfant.

« Mais qu'est-ce que vous nous faites ?! On vous avait dit de ne pas vous lever !

— Je voulais simplement faire pipi. Je peux faire ça toute seule quand même. »

Elles me réinstallent dans mon lit, me mettent une couche et m'interdisent – fermement cette fois – de me lever. Elles installent aussi une nouvelle perfusion : transfusion sanguine et fer. Je suis trop faible.

Corps : 1 – Tête : 0. Il a beau être défaillant, mon corps a signifié à mon esprit une fin de non-recevoir plutôt brutale. Cette fois, je ne peux plus faire semblant, la maladie me frappe de plein fouet. C'est une claque, un uppercut. Voilà la traduction concrète des images, des diagnostics posés, des mots prononcés par les médecins. C'est cela, la vraie signification du mot « masse » : le corps charcuté, empêché, atteint jusque dans sa dignité. Ce ne sont plus des mots, mais des réalités bien charnelles : cicatrices, douleur, évanouissement. Il n'est plus question de dissociation, il s'agit bien de moi, mon rein, ma tumeur, mon corps, et si j'en fais l'amère expérience en réanimation à mon réveil, cette chute dans les toilettes se charge d'enfoncer le clou. La maladie n'est plus à distance, elle a fait son entrée fracassante et me laisse terrassée.

Un ou deux jours après ce petit accident, une chambre individuelle se libère. Je quitte ma voisine que je remercie à nouveau. C'est aussi le jour des résultats de la biopsie. Le docteur B. fait une nouvelle visite. Alexandre est avec moi.

« L'opération s'est bien passée », commence-t-il.

L'opération s'est bien passée, comme un mantra… Je ne tarderai pas à comprendre que pour les médecins, l'opération s'est *toujours* bien passée. Peu importe qu'elle ait pris deux fois plus de temps ou qu'il en résulte une douleur insurmontable : ça s'est *bien passé*.

« Nous avons fait une néphrectomie totale élargie à la loge rénale avec résection latérale de la veine cave inférieure. »

Il se lance dans un récit détaillé de l'opération. Je me suis arrêtée au mot « néphrectomie », il y a le suffixe « tomie », quelque chose a été ôté, d'accord, mais concrètement, qu'est-ce que ça signifie ? Je ne comprends pas un traître mot de son discours. Il finit par traduire.

« Nous avons retiré la totalité du rein, mais aussi tous les vaisseaux qui communiquaient avec. Si la masse avait été décelée plus tôt, nous aurions peut-être pu conserver le rein, mais vu sa taille, c'était impossible. Il fallait faire une ablation totale.

Il marque un temps de pause.

— Nous avons aussi reçu les résultats de la biopsie. Comme nous le pensions, la tumeur était bien maligne. Il s'agit d'un carcinome à cellules chromophobes de grade 3 de Führman. Il s'agit d'un cancer, Mme Arriola, un cancer agressif. »

Encore ce jargon… Je reste muette, j'écoute, je ne l'interromps pas, je ne pose aucune question. Je ne comprends pas tout, mais j'ai confiance, une confiance aveugle. Je n'ai pas besoin d'assimiler les tenants et les aboutissants. Je suis malade, j'ai un cancer. Voilà tout ce que j'ai besoin de comprendre au fond. Le reste est l'affaire des médecins. De mon strict respect des prescriptions qui me sont faites, de leur savoir, dépend ma survie. Pas besoin d'en connaître beaucoup plus. De toute façon, ces informations ne sont pas accessibles aux patients, il faudrait assister à chaque consultation médicale un dictionnaire à la main.

Alexandre se tourne vers moi.

« On s'en doutait n'est-ce pas ? »

Je reste silencieuse, le docteur B. poursuit.

« Vu la taille de la tumeur, c'est un miracle qu'elle n'ait pas envahi les cellules autour. Nous avons pu retirer tous les tissus et les vaisseaux autour, c'est contenu. Mais il faudra établir un protocole pour traiter le cancer, sans doute une chimiothérapie. J'ai déjà pris rendez-vous pour vous avec une consœur oncologue spécialiste du rein à l'hôpital Nord de Marseille, le docteur B. »

Entrée en scène du troisième docteur B., l'oncologue qui me suivra de longues années.

« Je lui ai transmis votre dossier, vous irez la voir après votre sortie. Ne vous inquiétez pas, c'est une pointure dans son domaine, et puis les traitements ont beaucoup progressé, on ne meurt plus autant du cancer.

— Savez-vous quand je pourrai travailler à nouveau ?

— Pour l'instant, je vous prescris un arrêt de travail d'un mois. Vous verrez ensuite avec l'oncologue. »

Le docteur B. quitte la chambre. Ma tête est en ébullition, mon cerveau est resté bloqué sur les mots « cancer » et « agressif ». Alors je vais mourir ? Ça n'était pas prévu comme ça. Je ne sais pas à quoi me raccrocher. Alexandre ? Ma famille ? Rien de tout cela n'est stable, sûr ou à portée de main. Il reste mon travail, tout ce que j'ai construit. Avec ce MBA, j'avais pourtant commencé à esquisser la suite, j'avais un bel avenir devant moi. Et puis j'ai tout payé de ma poche, est-ce que je vais tout perdre ? Est-ce que c'est foutu ? Il a parlé de chimio. La chimio, ce gros mot, celui qui terrorise, avec son cortège d'effets secondaires : nausées, perte de cheveux, fatigue… tout ce qu'on voit, tout ce qu'on entend, mais qui, théoriquement, n'arrive qu'aux autres. Cette fois, ce n'est pas un autre. C'est bien moi, c'est ma vie qui vole en éclats.

Alexandre entreprend de me rassurer. « On ne meurt plus aussi souvent du cancer, la médecine a progressé, on va trouver un traitement. » Ces discours, ceux que tiennent les médecins, il baigne dedans, toute sa famille est médecin depuis trois générations. Il est le seul à avoir choisi un chemin différent, mais ce discours rationnel, scientifique, fondé sur des chiffres, des statistiques, des réalités médicales lui est familier, il l'a fait sien.

Pour moi, ce discours n'est pas entendable, il m'est impossible de le recevoir ainsi, froidement, rationnellement. Oui, « on s'en doutait », « le cancer ne tue plus comme avant »... Tous ces mots, je les reprendrai à mon compte, mais plus tard. Je ferai comme mon père me l'a appris avec la lecture : « Dans un texte, ce n'est pas grave si tu ne comprends pas tout dans le détail, retiens ce qui te semble important », me répétait-il lorsque j'étais petite. Plus tard, je m'accrocherai de toutes mes forces à ces petits mots si importants : « le cancer ne tue plus ». J'effacerai même la fin de la phrase, « autant qu'avant » – à la poubelle, je ne garde que la vie, la vie en ligne de mire, la vie comme seul et unique objectif.

Mais à cet instant, ces mots me sont insupportables. « On s'en doutait », « on va y arriver »... Bien sûr, j'entends la compassion qu'il y a derrière. Être rassuré par un diagnostic, savoir ce contre quoi on se bat, établir une stratégie, ne plus être dans le flou, passer à autre chose, l'étape d'après : celle des traitements et du combat, se rattacher à quelque chose de tangible et rationnel, je comprends ce que cela a de sécurisant.

Simplement, je ne peux pas. C'est facile à dire lorsqu'on n'est pas directement concerné, ma réalité est bien trop charnelle, trop douloureuse pour rationaliser. C'est moi qui ne peux pas me lever, me laver seule, tousser, éternuer sans avoir mal ou faire pipi sans être accompagnée, moi seule qui fais désormais face à la possibilité de la mort.

Je ne réponds rien, je fais bonne figure, mais quand Alexandre s'en va, quelques heures plus tard, je m'effondre. Seule dans ma chambre, dans mon lit d'hôpital, je pleure en silence, de désespoir, mais aussi de rage. Je suis en colère.

Contre moi, d'abord. Qu'est-ce que j'ai bien pu faire pour que ça me tombe dessus ? Je suis responsable, forcément. Tout ça n'arrive pas gratuitement, jamais. C'est bien connu, l'hygiène de vie est essentielle, on n'a pas de cancer quand on fait bien tout ce qu'il faut, au fond, on est toujours un peu responsable. J'aurais dû faire plus attention, manger plus sainement, toutes ces boîtes de conserve avalées à la va-vite, j'aurais dû acheter de vraies carottes ! Toutes ces heures passées à faire la fête adolescente, et puis encore bien plus tard, ces litres d'alcool ingérés en une vingtaine d'années, ces heures de sommeil manquées… Et puis j'ai trop travaillé, les trajets, les nocturnes au bureau, les week-ends passés sur l'ordinateur ou à courir dans les hôtels, les jours de congé non pris… Je n'aurais pas dû, je me suis négligée, le travail passait toujours avant, il ne faut pas venir se plaindre maintenant, si j'avais fait plus attention, je n'en serais pas là. C'est ma faute, voilà tout. C'est ma faute et d'ailleurs, c'est même pire : c'est une punition divine. Je le sais, on me l'a suffisamment répété enfant : « attention, si tu fais ça, Dieu va te punir », « Dieu te regarde ». Au Pérou, c'est la référence ultime, celle à l'aune de laquelle on juge une vie : *Il* est utilisé à toutes les sauces pour faire peur aux enfants, tout ce qui se produit dans une vie – des événements majeurs : naissances, mariages, divorces, maladies, jusqu'aux plus infimes tracas (tomber dans l'escalier, faire une indigestion, rater son bus, se cogner, avoir une bonne note…) – *Lui* est imputable : *Il* nous récompense ou bien *Il* nous punit. Ça me terrorisait d'ailleurs, ce regard auquel nul ne peut se soustraire, j'étais à l'affût en permanence. « Et là, est-ce qu'*Il* me regarde encore ? », pensais-je sans cesse. Je me cachais sous les tables pour échapper à cet œil omnipotent. Bien sûr qu'*Il* me punit. Mais pourquoi ? Ça, je ne sais pas. *Il* a ses raisons, *Il* a toujours raison.

Contre le destin, aussi. Pourquoi moi ? Pourquoi pas quelqu'un d'un peu plus méchant ? Qu'est-ce donc que ce karma qui me tombe dessus ? Je n'ai pas traversé assez de difficultés peut-être ? J'ai toujours fait du sport, je suis active, je fais attention… Ça n'aurait pas dû m'arriver. Et puis qu'est-ce que ça veut dire, ce foutu destin qui fait tomber les gens malades comme ça, au hasard ? La mort en sursis : personne ne mérite ça ! C'est tellement injuste.

Contre le médecin suisse, celui que j'ai vu l'été précédent et qui avait diagnostiqué « trop d'abdos ». « En août, la tumeur était encore relativement petite, elle devait mesurer dans les 6 ou 7 centimètres au maximum. Le rein aurait peut-être pu être sauvé », a dit le docteur B. Tous ces mois perdus ! Est-ce que ça signifie que tout cela aurait pu être évité ? Tout ça à cause d'un mec qui a pris en tout et pour tout cinq minutes pour conclure que tout allait bien, que pour ne pas avoir le ventre dur, il fallait juste mettre la pédale douce sur le sport ! J'en suis là à cause de l'incompétence de cet homme ! Je pourrais encore avoir mes deux reins, et, qui sait, peut-être pas de chimio. Et me voilà avec un seul rein estropié qu'il va falloir soigner à vie… Cela aussi, le docteur B. l'a dit : « En parallèle du cancer, on va continuer à s'occuper de votre syndrome de la jonction. » Tout ça à cause de lui…

Contre mes parents enfin. Mes parents, qui n'ont pas réagi à ma souffrance, qui n'ont rien fait. Le syndrome de la jonction est une anomalie congénitale, je la porte depuis ma naissance : mon rein gauche n'a jamais fonctionné et il m'a fallu attendre 35 ans pour m'en rendre compte. « Tu fais ton intéressante », me disait-on. « Elle est capricieuse. C'est la petite dernière, elle cherche l'attention », entendais-je. Mon intéressante ? J'étais prise de crises qui me faisaient me rouler par terre de douleur, je faisais des infections urinaires à répétition. Il n'y avait pas une once de douleur feinte. Ça devait se voir, quand même, que quelque chose n'était pas normal.

Pourquoi sont-ils restés sourds à ma détresse et ma douleur ? À l'hôpital où ils ont fini par m'emmener, j'étais déjà adolescente, après une crise plus forte que les autres, ils auraient pu se rendre compte, diagnostiquer enfin. Mon père était un notable, un ingénieur, il n'était pas ignorant, il était extrêmement cultivé, instruit, c'était un scientifique, il avait des relations, ces relations si précieuses au Pérou pour être bien soigné, bien traité, bien pris en compte. Il aurait dû demander des examens supplémentaires, trouver d'autres médecins, chercher ce qui n'allait pas. L'imagerie médicale existait déjà à l'époque, même au Pérou. Si ce rein avait été soigné, si l'autre n'avait pas dû assumer l'entièreté des fonctions rénales à lui seul pendant 35 ans, aurais-je eu ce cancer ?

Et ma mère, qui était aussi là pendant les crises, pourquoi a-t-elle laissé faire ? Pourquoi n'a-t-elle pas poussé pour que l'on fasse des examens approfondis ? Elle m'a laissé seule avec ma douleur. Nous avions l'argent, contrairement à la majorité des familles péruviennes. Il aurait été possible de me soigner, j'en suis sûre. Plus tard, ma colère est retombée, mais un sentiment amer subsistait, et j'ai fini par cracher ces reproches. Vous n'avez rien fait : pourquoi ? Pourquoi vous ne m'avez jamais emmenée faire un examen approfondi ? « Tu m'as laissé crever comme un ignorant », j'ai lâché à mon père, « toute ta culture, ton éducation, ta science… Tu n'as rien appliqué à ta vie personnelle, tu n'as jamais eu le temps pour nous, tes enfants ». Il s'est excusé : « C'est ma faute, je n'avais jamais le temps, je suis désolé. » Il a voulu me donner son rein, mais il avait déjà 80 ans, ça n'aurait pas pu marcher. Que cela soit à l'origine de mon cancer ou pas, exprimer ces reproches et entendre les excuses m'a aidé à dépasser cette colère.

4.

Je fête mes 36 ans à l'hôpital, le 16 janvier 2012, la veille de mon jour de sortie. Le 17, comme prévu, je peux quitter l'hôpital. Ma mère est revenue en France, elle a pris un congé pour s'occuper de moi. Nous nous installons dans la maison d'Alexandre, à Aix. Plus encore que moi, ma mère a horreur de déranger. Plantée dans cette maison qu'elle ne connaît pas, qui n'est pas chez elle, elle n'est pas à l'aise. Surtout, elle déteste Alexandre. Voilà dix ans qu'elle lui garde une rancune tenace.

Après notre première rencontre en 1998 dans son bureau à la mairie d'Aix, nous nous étions revus plusieurs fois. Alexandre était prof à Sciences Po, je le croisais dans les couloirs, nous discutions quelques instants, il prenait de mes nouvelles. Au bout de quelques mois, je m'étais installée dans un petit studio que je pouvais me payer grâce à l'argent que ma mère me donnait chaque mois et à un petit boulot de serveuse dans un bar trois soirs par semaine. J'adorais cet appartement d'une petite rue typique du centre-ville d'Aix qui, comble du luxe, avait deux fenêtres. J'y invitais mes amis de Sciences Po, beaucoup d'étudiants Erasmus de toutes les nationalités, on était entassés à quinze ou vingt dans cette petite pièce, assiettes sur les genoux… C'était le signe de mon indépendance à nouveau acquise.

« S'il t'arrive de sortir le soir quelques fois, je bosse dans un bar le soir mardi, jeudi et vendredi. Tu peux passer si tu veux voir la vie d'étudiante ! », lui avais-je lancé à la faveur d'une de ces conversations.

Quelques semaines plus tard, à ma grande surprise, il était venu. Il détonnait, tiré à quatre épingles en costume cravate au milieu de tous les étudiants en jean. J'étais derrière le bar.

« Qu'est-ce que tu fais à travailler ici ?

— Bah, il faut bien manger et payer le loyer ! »

Nous avons continué de nous croiser ainsi régulièrement, de discuter de ce que je devenais, de tout, de rien, nous nous entendions plutôt bien.

Deux ans plus tard, alors que je m'étais inscrite en maîtrise de droit après Sciences Po, il était devenu mon professeur d'institutions publiques. Je détestais cette matière, j'étais proche d'entrer dans la vie professionnelle, je m'étais inscrite en spécialité « Administration des entreprises » pour apprendre la gestion des entreprises – ayant toujours en tête de travailler dans l'hôtellerie –, pas les méandres des institutions françaises ou les subtilités du cumul des mandats. Ça me semblait hors de propos, et je le lui disais. Nous nous voyions de plus en plus souvent, son cours avait lieu chaque semaine. De temps en temps, lorsqu'il pleuvait, il proposait de me ramener en voiture. L'an 2000 était passé, je travaillais toujours à côté de mes cours, j'avais enfin un téléphone portable, je lui donnai mon numéro.

Il était toujours conseiller municipal et lorsqu'il y avait un conseil, il sortait le soir avec les autres élus. Un soir, je reçus un appel :

« Je suis dans un bar à tapas avec mes collègues, ça te dit de nous rejoindre ?

— Pourquoi pas ? Je ne travaille pas ce soir. J'arrive. »

C'est ainsi que nous devînmes amants. Nous nous voyions souvent, nous déjeunions au restaurant, nous nous promenions en ville. Les soirs de conseil municipal, je le retrouvais avec ses copains, ils étaient tous très sympathiques, très intéressants. J'étais folle de lui. C'était une période très heureuse, j'étais amoureuse, je m'étais fait de bons amis à la fac et à Science Po, j'avais mon appartement, je gagnais suffisamment pour vivre ma vie étudiante, j'étais heureuse d'être en droit, mon avenir se dessinait doucement, j'avais déposé ma candidature à Lausanne en sachant que ça serait compliqué, mais avec le secret espoir d'y parvenir quand même, pour la première fois depuis trois ans, je pouvais quitter la France et prévoyais de retourner au Pérou pour les vacances d'été... J'avais enfin un peu de stabilité et des perspectives.

Un soir d'été, alors j'étais en train de finir un footing et m'apprêtais à entrer au supermarché pour acheter de quoi déjeuner, je l'aperçus sur le trottoir d'en face, main dans la main avec une autre femme. Je restai pétrifiée, la bouche sèche, le cœur au fond de l'estomac, le sang figé. Je voulus faire face, aller les confronter, et puis je m'arrêtai net : je me figurais, en short et t-shirt froissé, trempée de sueur, le visage rougi par l'effort, échevelée, et je me cachai dans une porte cochère, liquéfiée.

En rentrant chez moi j'appelai ma mère, en larmes, défaite. « Mais qu'est-ce que tu attendais ? Un mec de son âge, tu croyais qu'il était seul ? Je t'avais dit qu'il était marié ! »

Je ne m'étais doutée de rien. Nous nous prenions par la main dans la rue, il m'embrassait en public. Devant ses copains, le soir, nous étions ouvertement un couple. Aix est une toute petite ville, il y était un personnage public, jamais je n'aurais pu imaginer qu'il n'était pas célibataire.

Je n'osai pas confronter directement Alexandre, mais je décidai tout de même, quelques jours après, de lui parler.

« Peux-tu m'assurer que je suis la seule pour toi ? Est-ce qu'il y en a d'autres ? Je suis sûre qu'il y a quelqu'un d'autre !

— Mais à quoi est-ce que tu t'attendais ? Un homme de mon âge, avec mon parcours, ma visibilité...

La même phrase, plus ou moins que ma mère.

— Mais tu m'as menti ! »

Il ne s'excusait pas, ne justifiait rien, ne promettait rien. C'était comme ça, voilà. C'était tout ce qu'il avait à offrir. Je ne pouvais me défaire de cette impression, celle que j'avais eu dès le premier jour, trois ans plus tôt, que j'étais faite pour être avec lui, mais le mensonge emportait tout. C'est vrai qu'il ne m'avait jamais parlé de cet aspect de sa vie : sa famille, sa vie privée. Je ne m'étais pas méfiée.

« Alors on arrête là. Je ne suis née pour être la maîtresse de personne !

— Mais enfin, la vie ce n'est pas noir ou blanc, ça existe le gris.

— Je déteste ton gris, moi je suis noir ou blanc ! »

Mon père a toujours été volage. Il a trompé sa première femme, il a trompé ma mère, il a probablement trompé sa troisième femme. Il faisait partie de l'élite intellectuelle de Cuzco, connaissait tout le monde, les politiques, les industriels, les notables… Il passait sa vie dans des dîners, des colloques, des galas. Toute mon enfance, j'ai vu ma mère malheureuse, et plus malheureuse encore lorsqu'il l'a quittée pour sa troisième femme. Je refusais catégoriquement de reproduire ce schéma. Je ne serais pas une des putes de mon père, j'aurais une vie différente, pas de maîtresse, d'infidélité, de première, deuxième, troisième femme, je me l'étais promis. C'est plutôt cocasse, quand on pense que je suis aujourd'hui la troisième femme d'Alexandre.

« On ne me quitte pas. On arrêtera quand je le déciderai, rétorqua-t-il.

Je restai interdite par sa morgue. Ah, c'est comme ça ? Tu verras bien.

— Ok, répondis-je simplement.

— Tout va bien alors ?

— Oui, oui. »

À compter de ce jour, je disparus purement et simplement. Les examens de fin d'année commençaient peu de temps après. Je restai cloîtrée chez moi, je ne dormais pas, je restais allongée sur mon lit. Je travaillais mes partiels, je mangeais à peine, je pleurais souvent, je ne répondais plus au téléphone, je sortais uniquement pour aller passer mes examens à la fac, en y passant le moins de temps possible pour ne pas le croiser.

Mon départ pour les vacances à Cuzco était prévu le lendemain de la fin des examens, j'ai entassé mes affaires dans une valise et j'ai fui. J'ai fui Aix parce que je n'y avais pas d'avenir professionnel valable – la ville ne comptait alors qu'un hôtel quatre étoiles – et parce que je ne voulais pas de la vie qu'Alexandre me proposait. J'ai fui une ville, un homme, mais aussi un schéma familial que je rejetais plus que tout.

Voilà pourquoi, toutes ces années après, ma mère continue de détester Alexandre. Elle s'en méfie toujours. Quant à moi, encore un peu échaudée, je garde mes distances. Cela ne fait que quelques mois que nous nous sommes retrouvés.

J'avais reçu un mail de lui, sept ou huit mois auparavant. Je n'ai jamais changé d'adresse mail, j'ai trop déménagé dans ma vie, c'était un moyen de rester en contact avec mes amis, éparpillés aux quatre coins du monde. « Comment vas-tu ? Je me suis séparé de ma femme. Donne-moi de tes nouvelles. » J'ai répondu, des banalités : tout allait bien, je travaillais à Genève. C'était une coïncidence, il devait justement aller voir un client à Genève quelques semaines plus tard, pourrait-on en profiter pour aller boire un verre ? Le rendez-vous était pris pour le mois de juin. « Je travaille chez Kempinski », lui avais-je dit.

Le jour dit, il m'appela comme convenu après son rendez-vous.

« Je suis arrivé à l'hôtel Kempinski.

— Ah non, mais je bosse au siège, pas à l'hôtel ! »

Je voulais qu'il m'entende lever les yeux au ciel à travers le téléphone, snobe à l'excès et un poil cassante : je travaille au siège moi, Monsieur. Il est loin le temps de la petite immigrée qui ne maîtrise pas bien le français, le temps de l'étudiante fauchée qui travaille dans les bars le soir. Je n'étais plus cette personne-là. Voilà, dans le fond, ce que je voulais lui montrer en acceptant de le revoir après dix ans : j'étais une jeune femme forte, indépendante, je m'étais construite à la force de mes poignets, j'avais une bonne situation comme on dit en France, j'avais *réussi*, toute seule, sans lui, malgré lui.

Je le rejoignis dans le hall d'accueil et le trouvai en chemise, le pantalon troué, la montre cassée. Comme je le regardai, interrogative, il me répondit en se marrant : « Je suis tombé à la gare en courant pour attraper mon train, c'était la course. J'ai dû m'asseoir avant que mon client n'arrive pour qu'il ne se rende compte de rien. Je ne me suis même pas levé pour lui serrer la main ! »

Je retrouvai aussitôt son naturel désarmant. Nous allâmes déjeuner au bord du lac. Il était sincèrement fier et admiratif de tout ce que j'avais accompli pendant toutes ces années. Au fil de la conversation, il revint sur sa séparation.

« Je n'habite plus avec ma femme, nous sommes en train de divorcer.

— Ah, bien, tant mieux pour toi. »

Nous nous quittâmes bons amis. Très vite, la grande complicité qui nous liait lors de notre première histoire retrouva ses marques. Nous passions des heures au téléphone, à discuter de tout de rien. En août, après la consultation expresse chez ce médecin suisse qui me trouvait trop sportive, je lui fis part de mon inquiétude. Quelques semaines plus tard, je le prévins aussi lorsque je quittai l'appartement que je partageais avec mon compagnon et allais m'installer chez ma mère.

Il apaisait le chaos qu'était ma vie à cette période : cette rupture houleuse avec mon ex qui menaçait de se suicider à tout bout de champ, ma patronne qui me détestait et mettait un point d'honneur à me compliquer la vie, la cohabitation difficile avec ma mère dans son petit studio… Je partageai avec lui la joie d'être acceptée dans ce MBA à Saint Gallen, les perspectives que cela me donnait à terme : nouveau boulot, nouvel appart.

En septembre, je devais passer un week-end à Londres pour une session du MBA, je savais qu'Alexandre s'y rendait souvent pour son travail.

« Si ça te dit, on peut s'y rejoindre ce week-end, je te présenterai ma meilleure amie.

— Oui bien sûr, je peux venir. »

Mon amie Indira vivait à Londres à cette époque. C'était ma plus vieille amie. Nous nous connaissions depuis la maternelle, nous avons passé toute notre enfance et notre adolescence dans la même école. Ensemble, nous avons tout traversé : les premiers émois amoureux, les 400 coups, les premières sorties, les premiers verres, les premières provocations d'ados dans notre école ultra-catholique – elle baissait ses chaussettes en tire-bouchon sur les chevilles, parce que c'était la mode, par provocation envers les bonnes sœurs, pour montrer ses mollets aux garçons aussi… Je la connaissais par cœur.

Pour la première fois depuis de nombreuses années, nous étions relativement proches géographiquement. Sa famille était d'origine japonaise, elle avait vécu quelque temps au Japon, puis en Espagne, quand je sillonnais les États-Unis, la Suisse, l'Angleterre… Elle avait finalement décidé de venir reprendre ses études à Londres.

Depuis quelque temps, elle était agitée et tenait souvent le même discours.

« Je n'arrive pas à avancer, j'ai quelque chose dans la tête.

Je balayais ses atermoiements d'un revers de main.

— Ce sont des excuses que tu te donnes, répondais-je. Tu n'arrives pas à travailler parce que tu es feignante, c'est tout. Il faut te mettre au travail ! »

Sa famille avait énormément d'argent, elle n'avait jamais vraiment eu à travailler pour gagner sa vie. J'essayais de la pousser, de l'aider à sortir de sa torpeur. Un jour, elle m'avoua s'être enfuie de l'hôpital où elle devait faire un scanner pour son cerveau. Je devais venir peu de temps après à Londres pour mon MBA, je l'emmènerais avec moi, on irait ensemble, lui dis-je.

J'avais tout fait pour lui changer les idées pendant ce week-end. Plusieurs mois avant, j'avais fait le siège du restaurant Nobu, un restaurant ultrabranché très en vogue à l'époque, pour trouver trois places, ce genre d'endroit où il faut batailler ferme pour espérer une place sur liste d'attente… Je me réjouissais de la retrouver, de lui présenter Alexandre aussi. Mais dans la semaine précédent mon arrivée, elle m'appela, paniquée.

« Je suis à l'hôpital, ils ne veulent pas me laisser sortir ! J'ai peur.

Elle s'était évanouie dans la rue. J'essayais de la rassurer comme je pouvais.

— Je te rappelle ce soir. Reste à l'hôpital. J'arrive le week-end prochain. Je te rappelle. »

Lorsque je rappelais le soir même, personne ne répondit. J'essayais chaque jour sans succès. Au bout de trois ou quatre jours, c'est sa sœur qui décrocha.

« Indira est morte. »

Je crus mourir moi-même. Elle avait fait une rupture d'anévrisme. Je demandai à venir la voir à la morgue en arrivant à Londres, mais sa sœur m'en dissuada.

« Ne viens surtout pas, elle n'est pas en état, ce n'est pas bien que tu la voies comme ça. Garde d'elle l'image que tu connais, l'image heureuse. Tu viendras à l'enterrement. »

Je me rendis donc à Londres comme prévu pour la session de formation. Alexandre était là. Je passais le week-end sur un fil, incapable de penser à rien. Je ne validai pas le module du MBA. Nous nous retrouvâmes à deux, avec Alexandre, dans ce restaurant très *fashion*, où j'étais si fière, à peine quelques jours plus tôt, d'avoir réussi à trouver une place. La situation me semblait totalement incongrue, je ne pouvais rien avaler. Comme toujours, Alexandre comprit la situation, nous ne nous attardâmes pas au restaurant ; il sut trouver les mots et parvint à apaiser ma peine.

C'est là que tout a recommencé, après ce week-end à Londres. Par la suite, on se revoyait à la faveur de mes déplacements pour le MBA, à Londres, Barcelone ou Saint Gallen. Dans mon esprit, ce n'était pas sérieux, il m'aidait à ne pas céder au chantage de mon ex, à ne pas revenir avec lui, je retrouvais le plaisir des discussions avec lui, on se connaissait déjà bien, c'était simple, naturel. Mais nous n'avions pas décidé de vivre ensemble, notre histoire n'était pas officielle, je n'étais pas tout à fait sûre que nous étions « un couple », même si cela en prenait de plus en plus la tournure au fil des mois – lui, en tout état de cause, était disponible et engagé, cela je le voyais – et je ne me posais pas vraiment la question à vrai dire, je profitais simplement de ces instants de bonheur.

Ce fameux 23 décembre, lorsqu'il m'a ordonné de monter dans le train pour être soignée auprès de lui, je n'ai pas tellement hésité, j'avais confiance, alors je suis montée dans le train. Je ne pensais pas une seconde me trouver dans l'état dans lequel je suis en sortant de l'hôpital moins d'un mois plus tard : mutilée, totalement dépendante, incapable même de lever une jambe.

Lorsque je m'installe avec ma mère chez Alexandre, j'ai en tout et pour tout une valise qui contient les affaires de vacances emportées pour les Seychelles : deux maillots de bain, une robe de plage, une paire de tongs, un short, quatre t-shirts, mes affaires de yoga et une paire de baskets ; en plus de cette valise, j'ai avec moi mon ordinateur, quelques dossiers, les deux joggings achetés à la hâte pour l'hospitalisation, le tailleur que je portais en arrivant à la veille des vacances et la paire de hauts talons assortis. Rien d'autre. Le livre que je lisais en partant, mais pas une affaire personnelle, un ouvrage pour m'occuper, moi qui aime tant la couture, le tricot, les travaux manuels, rien. J'arrive chez lui comme on s'installe dans un hôtel ou un appartement de vacances, avec le strict nécessaire.

Mais ce n'est pas grave, bientôt, dans quelques semaines tout au plus, je pourrai à nouveau marcher, je serai en état de retourner à Genève et travailler pendant mon traitement de cancer. À la fin de mon MBA, je trouverai un nouveau job en Suisse, comme prévu. Tout ça est provisoire.

« Tu connais ce dicton russe qui dit : rien n'est plus éternel que le provisoire ? », m'avait demandé une amie d'origine russe quelques années plus tôt à Lausanne. J'étais encore loin de me douter à quel point cette maxime s'appliquerait à ma vie.

II

Les limbes

I.

Dans les jours qui suivent ma sortie de l'hôpital, il règne une certaine effervescence dans la maison d'Alexandre. Mon frère Raoul qui vit désormais à Lima est venu pour me voir, il reste quelques jours seulement, je suis heureuse de le voir, ma mère est là, Alexandre aussi, il a pris quelques jours avant de retourner travailler à Paris. Mon père n'est pas venu, il vit maintenant aux États-Unis, à Fresno, avec le reste de la famille. Ma demi-sœur Rosa-Delia, dite Tota, l'aînée des filles de maman Nora, s'y est installée la première, rapidement rejointe par sa mère, puis ses frères et sœurs. Mon père a aussi fini par quitter le Pérou après la chute du gouvernement de Fujimori. Il était proche des instances de pouvoir et il craignait de finir en prison. À l'époque, c'était monnaie courante ; à chaque changement de gouvernement, les suivants s'empressaient de mettre en prison leurs opposants. Je n'aurais jamais pensé qu'il laisse Cuzco, lui, l'Andin communiste qui s'était tellement engagé pour sa ville et pour son pays à travers tous ses mandats, mais il a fini par rejoindre le reste de la famille à Fresno avec sa troisième femme et ma petite sœur Urpi, la petite dernière.

Malgré leur absence, la maison bruisse. En 2012, nous n'en sommes qu'à la première génération de smartphones, Whatsapp n'est pas encore très répandu, Facebook permet d'avoir des nouvelles de loin, mais il n'est pas si facile de se parler lorsqu'on vit à des milliers de kilomètres de distance. Mon retour à la maison me permet d'appeler tout ce petit monde en visio, mon père, mes demi-frères et sœurs, mes tantes, mes belles-mères, mes amis… Je suis alitée, dépendante de ma mère, mais je n'y pense pas. À l'apathie du temps suspendu à l'hôpital, cette bulle ritualisée à l'extrême, à la fois écrin protecteur et carcan, succède une certaine excitation, je reprends pied dans le monde extérieur. Les coups de fil se succèdent, je ne pense pas trop à ce qui m'attend. À l'une de mes amies d'enfance qui vit désormais aux États-Unis, je fais un compte rendu détaillé de la discussion avec mon urologue. « Ah, mais tu sais, si tu dois faire une chimio, ça peut avoir des conséquences sur ta capacité à avoir des enfants plus tard », réagit-elle après mon exposé.

Je n'y avais pas pensé. Pas un instant cette idée n'avait affleuré dans mon cerveau. Bien sûr, j'imaginais avoir un enfant un jour, mais plus tard, ça demeurait une préoccupation lointaine. Quelque temps avant notre séparation, j'avais entendu mon ex-compagnon dire à sa mère qu'il ne voulait pas d'un autre enfant, il avait déjà une fille d'une précédente relation. Sur le moment, ça m'avait heurtée, c'était venu s'ajouter à la liste des raisons qui me poussaient à le quitter, mais c'est tout. Ce n'est pas pour cela que je l'ai quitté, je ne m'étais pas mis en tête, alors, de devenir mère, pas plus que je n'excluais le fait que ça arrive. Simplement, je n'y pensais pas, j'étais concentrée sur ma carrière, je pensais que j'avais le temps et je voulais être avec la bonne personne, ce qui ne manquerait pas d'arriver, un jour. Je suis une enfant de divorcés, je ne voulais pas d'un enfant sans père, et surtout, je refuse catégoriquement de reproduire les mêmes schémas dysfonctionnels : tromperie, divorce, malheur.

D'un seul coup, je prends conscience de l'âge que j'ai – âge que d'aucuns considèrent déjà tardif pour avoir des enfants –, que je vais rentrer dans un processus qui peut vraisemblablement être un peu long, dont je sortirai encore moins jeune et que ce ne sera peut-être pas si simple après tout. Jusque-là, je n'avais pas vraiment en tête qu'il ne fallait pas être trop vieille pour faire un bébé, on ne me l'avait jamais dit et je ne m'en étais pas préoccupée.

« Il faut que tu fasses congeler tes ovules avant le début de la chimio, poursuit-elle, pragmatique.

— Oui, peut-être que tu as raison. »

Après ce coup de téléphone, je me mets en tête de trouver une solution. J'en parle à Alexandre qui accueille l'idée avec indifférence ; ses deux enfants sont des adultes, sa paternité a évolué, faire un bébé n'est évidemment pas au programme. Il ne se sent pas tellement concerné et au fond, je ne fais que l'informer. Je peux bien faire ce qui me plaît.

En France, à l'époque, en tant que femme seule, non mariée, non pacsée, l'option est exclue. Je rappelle mon amie. Elle connaît quelqu'un qui travaille dans un centre médical à New York, il peut me trouver une place assez rapidement. Tout cela semble assez simple finalement : le processus prend deux ou trois mois (le temps de faire les examens préalables, la stimulation hormonale puis l'opération de prélèvement), mon amie pourra certainement m'héberger, il me suffit d'y aller. Ça ne semble pas infaisable, je décide de me lancer. Le rendez-vous avec la cancérologue est justement prévu quelques jours plus tard, j'en profiterai pour lui en parler.

Le 24 janvier, je me rends à ma première consultation d'oncologie à l'hôpital Nord de Marseille avec le docteur B., la dernière du trio. Ma mère m'accompagne. J'ai la pochette avec les papiers d'hospitalisation, les images, le compte rendu d'hospitalisation, la lettre d'adresse. Le rituel qui deviendra le mien pendant des mois se met en place : accéder au service d'oncologie, se présenter à l'accueil pour récupérer les étiquettes, le sésame qu'il ne faut absolument pas oublier, sans lequel aucun examen, aucune consultation n'est possible, patienter dans le couloir dédié aux consultations.

Au premier regard, je sais qu'elle va me plaire. Le dernier des trois docteurs B. est une femme, elle est déroutante par son aspect pimpant et souriant. Blonde, très distinguée, tirée à quatre épingles, toujours très chic, apprêtée : maquillage discret, ongles parfaits, coupe de cheveux soignée, elle ne correspond pas à l'image que je me fais d'un cancérologue. Ce n'est pas tant que j'ai une quelconque idée de ce à quoi ressemble ou doit ressembler un cancérologue, je n'y ai jamais pensé. Pas une fois, il ne m'est venu à l'idée que j'aurais un jour à en consulter un. Mais avant ce rendez-vous, compte-tenu des pathologies qu'elle traite au quotidien, je m'étais figuré une personne sombre, grave, courbée sous le poids des dossiers de ses patients, pas ce petit bout de femme pétillant. Le docteur B. rayonne, elle parle d'une voix claire, rassurante, positive.

Elle aussi s'étonne de la taille de la tumeur.

« Mais vous ne la sentiez pas du tout ? »

À nouveau, j'explique mon histoire de « boule au ventre » : non, je ne la sentais pas, du moins pas tout le temps. Elle se veut rassurante, les cancers du rein sont particulièrement silencieux, ils ont très peu de symptômes associés, il arrive fréquemment qu'on les diagnostique par hasard.

« Vous avez eu de la chance, finalement. Sans cette infection urinaire, on aurait pu ne jamais détecter la tumeur. Et puis vu sa taille, c'est inespéré que le cancer ne se soit pas répandu aux autres organes, explique-t-elle, rationnelle. »

Je me laisse bercer par ce ton enjoué et rassurant. À aucun moment, tout le temps qu'a duré le traitement, puis le suivi, cette impression ne s'est démentie. J'attendais chacune de mes visites avec impatience. Avec elle, jamais je ne me suis sentie malade, jamais la maladie ne m'a semblé sans issue, au bout de chacune de ces entrevues, il y avait toujours l'espoir.

Elle entreprend de détailler les étapes du traitement à venir, déroule le protocole d'une voix calme, assurée, présente les étapes les unes à la suite des autres, n'adopte pas de discours catastrophiste ou de ton martial, juste des étapes à respecter pour endiguer la progression de la maladie : chimiothérapie, consultations et contrôles tous les mois. Elle détaille les différents traitements, qui ont progressé et sont moins lourds, leurs effets secondaires « gérables » assure-t-elle. Je n'interviens pas, ne pose aucune question. Comme à mon habitude, j'opine en bonne élève.

« Un protocole de recherche clinique est en cours. Vous présentez certains critères d'éligibilité, notamment votre score Leibovitch à 5, qui fait apparaître un risque intermédiaire, si vous le souhaitez, vous pouvez entrer dans cet essai. »

Je ne comprends pas bien. Un essai clinique, cela veut dire que je pourrai avoir un placebo ? Pourquoi donne-t-on un placebo à des malades de cancer ? Ça me semble étrange, mais malgré cela, j'opine encore. Très bien : si elle pense que c'est le mieux, j'ai confiance. Je n'ai compris qu'assez récemment qu'on ne donne évidemment pas aux malades du cancer des médicaments sans principes actifs, mais les traitements traditionnels. Elle me parle aussi de chimiothérapie orale, je ne sais pas ce que ça signifie. Vu comme ça, tout a l'air très simple, une feuille de route à respecter, la guérison au bout, une promenade de santé.

« Je suis plutôt confiante, l'essai thérapeutique est prometteur, les images ne font pour l'instant pas apparaître de métastases, nous allons mettre en place le protocole, tout ira bien, conclut-elle.

L'exposé terminé, j'entreprends de lui exposer mon projet de faire congeler mes ovules.

— Avant de commencer la chimio, il faudrait que j'aille à New York. On m'a dit que la chimio peut avoir un impact sur ma fertilité, je voudrais faire congeler mes ovules. Je serai absente à peine deux ou trois mois, pensez-vous qu'on peut commencer après ?

Elle reste interdite.

— Non, c'est impossible. On ne peut pas attendre deux ou trois mois. On n'a pas deux ou trois mois. Je viens de vous dire que les analyses font apparaître un risque de métastases et d'extension aux autres organes, il faut commencer le traitement au plus vite. On n'a pas trois mois, martèle-t-elle, il faut commencer tout de suite.

Le ton est ferme, le verdict sans appel. Je n'insiste pas, je me contente d'opiner, « oui, d'accord, bien sûr », la petite musique de mes rendez-vous médicaux.

— Je vous ai préparé les ordonnances. Il y a plusieurs examens à faire avant de commencer le traitement. Vous devriez pouvoir commencer dans une semaine. Je vous ai fait un arrêt-maladie d'un mois. Nous nous verrons chaque mois pour contrôler l'avancée du traitement, conclut-elle. »

Nouvel acquiescement. Je ne prends même pas la peine de demander pourquoi un nouvel arrêt d'un mois. Cela veut-il dire que je pourrai travailler dès le mois prochain, après ma convalescence et en même temps que la chimio ? Peut-être. Nous prenons congé et rentrons chez Alexandre.

Après le rendez-vous, je suis un peu en colère. Une de mes amies de Cuzco m'appelle pour prendre de mes nouvelles. Elle travaille pour une association de patients atteints du cancer au Pérou. Alors que je me plains de ne pas pouvoir aller à New York comme je le souhaitais, elle me reprend vivement.

« Mais tu ne te rends pas compte que tu as eu de la chance ? Tu as énormément de chance. Je passe mon temps à essayer de trouver des traitements pour des patients ici, au Pérou. C'est le parcours du combattant. Il n'y a pas les médicaments dont on a besoin, on ne les trouve pas, c'est trop compliqué. Parfois, quand, à force de se battre, de remuer ciel et terre, d'appeler toutes les institutions, toutes les ONG, on finit par en avoir, il arrive que les patients soient déjà morts ! Tu as une chance immense. Tu vas commencer ton traitement, tu n'iras pas à New York congeler tes ovules, mais tu pourras vivre. »

Sa tirade coupe court à mes élucubrations, je ne trouve rien à répondre. Avec patience et douceur, elle prend ensuite le temps de m'expliquer à nouveau le risque de métastases, d'extension du cancer aux autres organes. Petit à petit, je comprends ce qui m'arrive. C'est un choc.

Je pensais que puisque l'on avait retiré la tumeur, tout ce qui était cancéreux ou à risque autour, tout allait mieux, un peu de chimio et ça serait terminé. Je n'avais pas vraiment pris la pleine mesure de la situation. Et malgré la prise de conscience, je suis encore assez loin d'envisager la réalité de ce qui m'attend, je n'ai pas clairement compris que je suis lancée dans un processus qui peut durer plusieurs années.

L'envie de bébé repart aussi soudainement qu'elle m'a frappée, je finis tout de même par comprendre que ma santé passe avant. Les deux docteurs B., puis mon amie, s'en sont chargés. L'envie reviendra plus tard – plus violemment aussi – lorsque l'urgence de mon état de santé sera passée.

La maison s'est vidée, Alexandre est reparti travailler à Paris, il ne revient que le week-end, Raoul est rentré à Lima, nous restons seules avec ma mère, le projet de New York est avorté, l'effervescence retombée.

La situation m'apparaît brutalement dans sa réalité crue. Je n'ai pas d'autre choix que de me voir telle que je suis : handicapée, alitée, incapable de marcher, de me lever seule, ni même de lever le genou. Ma mère s'occupe de moi comme un bébé. Elle me fait à manger, me lave, me rince, me sèche, brosse mes cheveux, m'habille et me déshabille – impossible d'enfiler ou d'enlever un pantalon toute seule –, m'emmène aux toilettes, me couche. À 36 ans : ma maman me frotte le dos…

Certes, ma mère a changé mes couches, m'a vue toute nue des milliers de fois, mais nous sommes toutes deux adultes désormais, alors oui, ça me gêne. Je l'accepte parce que je n'ai pas le choix, parce qu'il faut bien se laver et que j'en suis incapable, mais je me sens humiliée. Je m'accroche en pensant que ça ne durera pas : un jour, bientôt, je pourrai me lever, me laver.

Au fond, cette perte d'indépendance me fait enrager. J'ai en tête une chanson de Kelly Clarkson que j'écoutais plus jeune et dont j'ai toujours pensé qu'elle me définissait, *Miss Independant* :

> *Miss independant* / Mlle indépendante
> *Miss self-sufficient* / Mademoiselle ne compte que sur elle-même

Miss keep your distance / Mademoiselle garde tes distances
Miss unafraid / Mademoiselle sans peur
Miss Out-of-my way / Mademoiselle ôte-toi de mon chemin
Miss Don't let a man interfere / Mademoiselle ne laisse pas un homme s'en mêler
Miss On her own / Mademoiselle je gère toute seule

Que lui est-il arrivé, à cette fille ? Celle qui bricole, fait le plombier et l'électricien à la maison depuis l'adolescence, celle qui a toujours réglé ses problèmes seule, qui a repris ses études dans un autre pays, qui a déménagé cent fois pour construire sa carrière, a payé sa voiture et ses meubles, sans l'aide de personne. Où est-elle ? Je suis coupée dans mon élan, dans ma force vitale, même.

Le 31 janvier, la chimio démarre. Les effets ne se font pas sentir tout de suite. Il faut une semaine pour que la fatigue se fasse plus forte. Puis les nausées. Jusqu'à ce que ça prenne toute la place. Fatiguée, mal au cœur, des aphtes plein la bouche, toujours alitée, toujours incapable de me lever, les séquelles de l'opération toujours présentes.

J'essaie de tenir, de garder un semblant de rythme : s'habiller, se laver, manger, travailler parfois. Mais certains jours, ça n'est tout simplement pas possible. Je me réveille à midi avec la sensation d'avoir été tabassée la veille, terrassée et épuisée dès le réveil. Je me force, appelle ma mère, me tire du lit. J'essaie de manger un peu, mais je n'ai aucun plaisir : trop mal au cœur, trop d'aphtes, plus de goût, je n'y parviens pas. Il arrive que je me recouche sans rien avaler, sans être habillée. Les autres jours, j'essaie au moins d'aller jusqu'au canapé. Changer de pièce. J'erre, fantomatique, dans la maison d'Alexandre.

Ma voix intérieure reprend du service : « Tu n'as pas fait ça aujourd'hui ! » « Tu as vu l'heure ? Tu crois qu'on va s'en sortir en se levant à midi ? ? » « Tu n'es rien qu'une feignante ! » « Dépêche-toi ! Marche ! Lève-toi ! Bouge-toi ! Debout ! » Elle est en boucle, harcèle mon pauvre corps impotent sans répit. Le dialogue a repris. Comme à l'hôpital lorsque je me suis évanouie dans les toilettes, mon corps ne se laisse pas faire. Il demeure immobile, douloureux. Je lui en veux, c'est un traître, il m'a lâchée, il a failli à sa mission. Mais je ne vais pas le laisser polluer ma tête, ça non !

Dès que j'ai un instant d'éveil, j'essaie de travailler. J'ai demandé qu'on m'envoie des choses à faire. Je reçois des mails incendiaires : « On avait une conférence à 11h ! », impossible évidemment, puisque je me suis levée à midi. La culpabilité reprend de plus belle. J'ai du mal à me concentrer, mais je m'accroche, il faut travailler, garder le contact avec mon moi d'avant coûte que coûte.

Ma mère essaie d'apaiser cette guerre interne.

« Dors, si ton corps a besoin de dormir, répond-elle à mes assauts de culpabilité. Tu ne peux pas lutter sur tous les plans. Personne ne t'attend, personne ne te demande de faire quoi que ce soit, laisse ton corps se reposer. Laisse-le guérir. »

Tous les jours, elle me répète ce discours. Tous les jours, elle essaie de me convaincre. Mais ça ne suffit pas à faire taire la voix qui reprend de plus belle : « feignante, feignante, feignante » comme une rengaine incessante. Mais à ce jeu-là, le corps, malgré les invectives, est le plus fort. Alors j'abandonne, tout en me flagellant : je ne sers à rien. Tant pis.

Les seules personnes à qui je parle sont ma mère, les infirmières qui viennent chaque jour faire les soins post-opératoires, et Alexandre, lorsqu'il arrive le vendredi. Je tourne en rond dans la maison. Je suis dans le *limbo* comme on dit au Pérou, les limbes, ce moment, après la mort, où l'on flotte entre deux eaux, en attente de savoir si notre âme sera affectée au paradis ou bien à l'enfer. J'en suis là : pas tout à fait dans ma vie, pas tout à fait dans une autre. Je suis dans cette maison, dans cette ville, mais ma vie est à Genève, Alexandre et moi ne sommes pas encore tout à fait vraiment un couple, et puis ce n'est pas tout à fait moi non plus, cette personne empêchée aux journées ralenties. J'attends, allongée sur mon canapé, de reprendre le cours de ma vie normale, ma vie d'avant. Je suis tout bonnement vaincue par la maladie.

2.

Je pensais que j'étais forte, je découvre que ça n'est pas le cas. Toute petite déjà, j'étais sportive, bonne élève, compétitrice, tête de mule aussi. On me parle de mon caractère *bien trempé*, on loue le fait que j'ai *la tête sur les épaules*, on m'a toujours dit que je faisais plus que mon âge, que j'étais plus mature. Je ne saurais juger de ma maturité, ce que je sais, en revanche, c'est que j'ai dû très tôt apprendre à me battre, parfois contre moi-même, pour arriver où je voulais.

À la rentrée 1992, j'avais tout juste 16 ans quand ma mère nous laissa seuls mon frère et moi. Elle avait quitté Cuzco, le Pérou, pour s'installer en France avec son nouveau mari. Mes parents ont divorcé alors que j'étais assez jeune, huit ou neuf ans. J'ai longtemps pensé que je tirais une partie de ma force de leur séparation.

À la maison, même lorsque mon père vivait encore avec nous, avant la séparation, l'ambiance était triste. Pris par ses multiples engagements, il était sans arrêt par monts et par vaux : colloques, soirées, dîners, réunions… Presque aucun jour ne se passait sans qu'il soit accaparé par sa vie sociale et professionnelle. Ma mère détestait ça, elle qui est plutôt introvertie, très casanière. Jamais elle ne parvenait à le retenir avec nous, avec elle ; « toi et tes soirées ! » finissait-elle par lâcher avant de se murer dans le silence. Il était charismatique, avait une position enviable dans la bonne société de Cuzco, il plaisait aux femmes et le leur rendait bien. Presque d'aussi loin que je me souvienne, j'ai toujours vu ma mère malheureuse. Après leur divorce, ce fut pire, elle pleurait beaucoup, travaillait tout le temps… Je me souviens que je faisais exprès de mettre le thermomètre sur le radiateur pour la retenir quelques minutes auprès de moi, pour profiter, ne serait-ce que vingt minutes, de ses rares caresses.

De son côté, même avant le divorce, elle travaillait aussi beaucoup. Nous passions nos dimanches dans les hôtels dont elle s'occupait, il y avait des nounous pour s'occuper de nous, mais très vite nous fûmes sommés d'être autonomes. Nous jouions seuls avec les autres enfants de la résidence, étions sans arrêt fourrés chez Maman Nora avec nos demi-frères et sœurs, ou chez notre tante Julia, la sœur de notre mère, qui s'était donné pour mission de mener à bien notre formation en mathématiques. Je l'adorais, et grâce à elle j'obtins une année le premier prix du concours de l'école ; elle n'est pas pour rien dans mon amour des chiffres. Le reste du temps nous étions souvent seuls, et nous nous appliquions à faire le plus de bêtises possible. J'adorais ces moments hors du cadre familial et je crois qu'ils ont largement contribué à me forger une personnalité bien à moi.

Quelque temps après le divorce, ma mère a quitté son travail dans la chaîne d'hôtels qui l'employait et a ouvert une pizzeria dans le centre-ville de Cuzco. C'est là qu'elle rencontra son nouveau mari. C'était un Français, un voyageur au long cours. Elle y passait toutes ses soirées, il venait y dîner souvent, ils finirent par se marier. Un mariage en catimini, ni moi ni mon frère ne l'avions rencontré, nous n'avions pas été prévenus qu'elle comptait se marier et avions encore moins été invités. C'est maman Nora, je crois, qui m'a prévenue, peut-être quelqu'un d'autre, « ta mère s'est mariée », m'a-t-on dit ; c'était l'été, j'étais à Lima, dans l'hôtel familial.

Un jour où je tenais la réception, je vis entrer un *gringo*, plutôt maigre et très grand – assise derrière le comptoir, je dus lever les yeux pour prendre la pleine mesure du personnage –, un blond à la peau toute rose, très blanc par rapport à nous andins, avec les yeux verts. Il avait l'allure parfaite du voyageur français : habillé en Décathlon de la tête aux pieds, t-shirt, pantalon à poches et casquette kaki, grosses chaussures de marche aux pieds et sac à dos d'explorateur arborant le nécessaire vital : gourde, plan de la ville et guide du routard bien en vue.

Celui-là, il est prêt à escalader le Machu Picchu dans l'heure, pensai-je en le regardant avec un brin de condescendance.

« Bonjour monsieur, puis-je vous aider ?

— Bonjour, je suis Gérard, le mari de ta maman. »

Ce fut ma rencontre avec mon nouveau beau-père. Elle ne dura pas très longtemps, nous échangeâmes quelques mots convenus, il repartit comme il était venu.

Il va sans dire que cette visite impromptue suscita l'hilarité générale dans ma famille, alimentant les plaisanteries et moqueries tout le reste de l'été : « Alors ? Tu as rencontré ton papa gringo ? Tu es contente d'avoir un nouveau papa ? » Je n'eus pas l'occasion de le revoir avant leur départ pour la France.

Aujourd'hui encore, j'ignore les raisons de leur départ. Je crois qu'il ne pouvait pas rester plus longtemps au Pérou et avec le recul, je pense aussi qu'il était extrêmement difficile pour ma mère de vivre dans la même ville que mon père, le croiser tout le temps, ses amis, sa nouvelle femme, ma petite sœur Urpi qui était née… C'est sans doute un ensemble de tout cela qui l'a poussée à venir en France. Ils choisirent de s'installer à Marseille. Gérard était breton, il cherchait le soleil.

Nous nous retrouvâmes seuls avec mon frère dans l'appartement de ma mère. Mon père vivait avec sa troisième femme et ma petite sœur qui avait alors trois ans ; maman Nora était à Lima, nous étions livrés à nous-mêmes. Ma mère nous envoyait un peu d'argent, mais au début, ni elle, ni Gérard, n'avaient d'emploi stable. Mon père, comme à son habitude, était très peu présent, il s'assurait du strict nécessaire : nos études, les grandes décisions… mais notre quotidien ne l'intéressait pas. Notre vie bascula du tout au tout.

Je passai de la réclusion totale – ma mère était très stricte, toutes les sorties étaient interdites et nous étions étroitement surveillés – à la liberté absolue : plus d'adultes, plus de contraintes, plus de repères... Tout ça dans un environnement scolaire radicalement différent de mon école de religieuse.

À la rentrée scolaire de 1992, je venais de fêter mes 16 ans et mon père avait dû batailler tout l'été pour me trouver une école. Je me retrouvai finalement dans une école « poubelle » qui acceptait les rebuts des lycées prestigieux comme moi, les rejetons des bonnes familles qui ne rentrent pas dans le rang.

Comme tous les enfants des familles un peu aisées au Pérou, on nous a scolarisés dans des écoles privées tenues par des congrégations religieuses. À l'âge de cinq ans, l'âge du CP au Pérou, j'ai donc intégré une prestigieuse école tenue par des bonnes sœurs. C'était un établissement pour filles, ultra-catholique, très traditionnaliste. Toute notre vie était réglée comme du papier à musique, de la taille de jupes à la manière de mettre nos chaussettes en passant par nos coiffures. En grandissant, à la faveur du développement de l'esprit critique, je trouvais que c'était trop.

Quant aux garçons, même s'ils étaient absents de nos salles de classe, nous les côtoyions, ils nous tournaient autour et nous étions bien heureuses d'entrer dans la danse. Nous étions devenues des jeunes filles, les hormones faisaient leur travail, et pourtant les bonnes sœurs s'évertuaient à faire comme si de rien n'était : on ne nous parlait de rien, nous étions laissées dans l'ignorance tout en étant culpabilisées à la moindre incartade vestimentaire : un chignon qui dépassait, des jambes un peu trop découvertes ? Aussitôt nous étions convoquées par la direction, nos bonnes mœurs étaient remises en cause. La première fois que j'ai eu mes règles, je n'ai pas compris ce qui m'arrivait ; personne, ni à la maison, ni à l'école, ni même en cours de biologie, n'avait pris la peine de nous donner le début d'une information, aussi factuelle fût-elle.

Nous vivions enfermées dans le déni et la pudibonderie. Immanquablement, ce qui devait arriver arriva. En 1991, l'année de ma première, l'une des élèves de ma classe tomba enceinte. C'était une jeune fille extrêmement douce, douée en tout : musique, sport, études… Elle était promise à un avenir brillant. À l'école, cela provoqua un drame, la pauvre petite fut ostracisée, les religieuses nous menaçaient, la pointant du doigt. Elle dut quitter l'école, nous ne la revîmes jamais. J'étais furieuse, en rage contre l'éducation que nous recevions, contre les bonnes sœurs, je ne me privais pas de le dire haut et fort : « C'est votre faute ! Ça ne serait pas arrivé si vous nous aviez expliqué ! » Cette fille était tellement innocente, je suis persuadée qu'elle n'avait aucune idée de ce qu'elle faisait.

Un peu plus tôt dans l'année déjà, j'avais fait parler de moi. Chaque année, pour la fête nationale du Pérou le 28 juillet, toutes les écoles de la ville défilaient. Cette année-là, grâce à mes performances sportives – j'étais dans l'équipe de volley, de basket et d'athlétisme – et scolaires, j'avais été désignée pour porter nos couleurs : le *gallardete,* le fanion arborant les insignes de l'école. J'étais très fière, d'autant que c'était un privilège normalement réservé aux dernières années. Et puis la veille du défilé, on m'annonça que j'étais remplacée par une autre élève. Je trouvai cela injuste, son seul mérite étant d'avoir pour mère une professeure de l'école… J'étais terriblement déçue, car c'était l'occasion pour moi de briller aux yeux de mon père. Une fois encore, je ne me retins pas d'exprimer – en termes assez peu fleuris – le fond de ma pensée à tous : mes professeurs de sport, les bonnes sœurs et même la directrice.

Ça me valut deux semaines de punition : debout toute la journée devant le bureau de la directrice, dans le froid du matin au soir ; juillet est le plein hiver à Cuzco, et avec l'altitude, les températures sont plutôt basses. Après ces deux épisodes, je partis en vacances d'été à Lima, comme chaque année. Les religieuses étaient allées voir mon père.

Elles lui expliquèrent que c'était un malentendu, il fallait qu'il me raisonne, bien sûr, je pourrais revenir, il suffisait que je m'excuse. Je refusai catégoriquement de retourner à l'école dans ces conditions, je n'avais aucune raison de m'excuser : « Je n'irai pas dans cette école qui n'applique pas les valeurs qu'elle prêche ! », ne cessai-je de répéter à mon père, je pouvais très bien rester à Lima. Il eut beau me supplier, me menacer, je ne cédai pas.

Mon père obtint néanmoins mon retour à Cuzco, il m'avait trouvé une place dans un établissement dirigé par un de ses amis : l'école « poubelle ». Contrairement aux écoles religieuses, celle-ci était mixte. Garçons et filles mélangés, c'était très étrange pour moi qui n'avais connu que les écoles de filles depuis la maternelle.

Galvanisée par ma nouvelle liberté acquise, je me constituai très vite une bande de copains, personne n'était très sérieux, nous étions tout entiers tournés vers notre plaisir et notre amusement. Dès le matin, nous séchions les cours, faisions la tournée des bars. Malgré tout, je parvins, ça m'étonne encore aujourd'hui, à finir l'année major de ma promotion, ce qui me permis d'intégrer une prépa pour entrer à l'université. C'était très courant au Pérou ; l'examen d'entrée à l'université était difficile, peu y parvenaient dès la sortie du lycée, et la plupart des jeunes Péruviens font d'abord une année de préparation à l'examen.

Forte de mes bons résultats l'année précédente, je n'avais retenu aucune leçon et je poussai un cran plus loin dans les excès. Le petit groupe d'amis s'était étoffé, nous n'allions en cours que lorsque ça nous chantait. Je m'étais prise de passion pour le billard, nous y passions nos journées. Un jour, des amis de mon père m'avaient surprise et dénoncée à lui. Dans cette société conservatrice qu'était le Pérou, et particulièrement dans une ville de province comme Cuzco, il était inconcevable qu'une fille – qui plus est de bonne famille – jouât au billard, c'était forcément une débauchée, une fille de mauvaise vie qu'il fallait remettre dans le droit chemin.

J'adore le billard, c'est un jeu stratégique, un challenge cérébral qui mobilise des compétences mathématiques et je n'ai jamais compris pourquoi, du seul fait qu'il se pratique dans les bars, les femmes devraient en être écartées. Aujourd'hui, il y a un billard chez moi, j'y joue quand ça me chante et j'ai à cœur d'apprendre à ma fille à jouer dès qu'elle aura suffisamment grandi pour que sa tête dépasse les rebords.

À force de dénonciations, mon père vint m'espionner devant l'école, s'assurer que j'allais bien en cours. Il y eut une petite pause dans mes escapades, mais ça ne changea pas fondamentalement mon mode de vie : il fallait ruser un peu plus, aller un peu moins souvent au billard, voilà tout. Peu à peu, lorsque j'eus 17 ans, nos incartades se firent nocturnes : nous écumions les bars la journée et y retournions la nuit.

J'attendais que mon frère soit endormi, mes copains m'attendaient dehors, et je sortais de la maison pour poursuivre nos agapes. J'avais consciencieusement huilé la porte de l'appartement pour ne pas me faire prendre et je rentrais à cinq heures du matin, avant qu'il ne se réveille. C'était beaucoup de responsabilité pour lui. Il avait à peine 20 ans.

« Il faut que tu atterrisses ! me répétait-il tout le temps, désemparé.

— Quand je voudrai ! lui répondais-je. »

Il avait écopé du mauvais rôle, il lui revenait d'assurer nos arrières. En plus de la fac, il s'était improvisé chauffeur de bus. Toutes les compagnies de bus à Cuzco étaient privées, ma mère nous avait laissé un Combi, et il avait pris une place sur la ligne « El Zorro ». Tous les jours, nous nous retrouvions à l'heure du déjeuner. Ce n'était pas une mince affaire. Les portables n'existaient pas. Les compagnies péruviennes ne sont pas réputées pour leur ponctualité et le trafic dans les villes est dantesque, même à Cuzco. Parfois, cela prenait des heures pour parvenir à nous retrouver ; dans ces cas-là, je sautais dans le petit Combi et lui tendais son panier-repas. Quand tout s'agençait plus ou moins comme prévu, je montais avec lui et nous prenions le temps de manger ensemble au bout de la ligne.

Malgré tout, ce petit complément de revenu ne nous permettait pas de vivre complètement et la plupart du temps, nous devions nous débrouiller. Nous avions la chance d'habiter près du marché central de Cuzco, nous le traversions tous les jours pour rentrer chez nous. Le Pérou est un pays où l'on mange merveilleusement bien pour trois fois rien dans les marchés et dans la rue. Lorsque nous avions de quoi, nous achetions parmi les étals colorés et odorants quelques légumes et quelques fruits. La plupart du temps, c'était tout de même pâtes et conserves au menu, parfois nous déjeunions chez notre père.

Lorsque ma mère trouva son emploi de nounou, elle put nous envoyer un peu plus d'argent chaque mois. Nous avions alors instauré un rituel : dès que nous recevions le mandat, nous allions au restaurant manger un bon repas : viande, poisson, légumes, dessert… La totale, une fois par mois. Ce jour-là, rien ni personne ne pouvait troubler notre bonheur, le monde nous appartenait à tous les deux. Seulement après, nous pensions à toutes les factures à payer et nous mangions des pâtes tout le reste du mois.

Une fois encore, je déjouai les pronostics et réussis à me classer suffisamment bien pour entrer à l'université directement et choisir ma filière. Mon père n'y croyait pas. Le jour de la publication des résultats, il avait commencé par regarder les derniers admis, ne cessait de râler en passant d'une page à l'autre : « Tu vois, tu n'y es pas, tu m'as fait payer cette école pour rien ! », jusqu'à ce qu'enfin, mon nom apparaisse. J'exultai : « Tu vois, il fallait me faire confiance ! »

Nous étions en 1994, je venais d'avoir 18 ans, je commençais les études que j'avais choisies, et m'assagis un peu. L'appartement était devenu un repère pour nos amis, je n'avais plus besoin de huiler la porte de l'appartement pour sortir, j'avais un amoureux, il restait dormir. Nous nous faisions peu à peu à cette vie sans ma mère.

Deux ans plus tôt, au moment de son départ, il avait été convenu que je la rejoindrais. Elle devait m'envoyer les billets d'avion et m'obtenir un visa. J'avais commencé à prendre des cours de français à l'Alliance française de Cuzco. Les mois, puis les années passaient, le visa ne venait pas, pas plus que les billets. Je n'y comprenais pas grand-chose, il y avait des histoires de papiers… Tout ce que je voyais, c'était le temps qui passait.

Avec mon frère, nous nous étions habitués à la vie à deux, au fond, j'avais trouvé un équilibre, je n'avais plus tellement envie de venir en France. L'insouciance avait ses limites, je voyais ma situation se stabiliser, la perspective de la France s'éloignait, j'étais devenue plus raisonnable, je me mis en tête de trouver un travail pour aider mon frère à subvenir à nos besoins.

Ce fut une entreprise impossible. Dans cette petite ville, dans ce pays conservateur où la réputation – des filles, en particulier – tenait à des préjugés d'un autre âge, j'eus beau y mettre tout mon cœur, je n'y parvins pas.

« Arriola… Tu es la fille de l'ingénieur Marcos ?

— Zulema Arriola, c'est ta tante ?

Ma tante était maire d'arrondissement à Cuzco.

— Mais ton père est-il d'accord pour que tu travailles ? »

Chaque CV déposé, chaque rendez-vous me renvoyait à ma famille, à mon père, à son autorisation, ce sésame indispensable pour engager toute démarche, que bien évidemment, il me refusait malgré mes assurances : je travaillerais les week-ends, le soir, ça ne m'empêcherait pas de réviser, rien n'y faisait. Et jour après jour, les mêmes questions, les mêmes refus. J'avais envie de leur hurler : « Mon père ne me donne pas un sou, il faut bien que je vive ! ! » Ce dont je me retenais, pour ne pas ternir un peu plus ma réputation écornée de jeune fille de bonne famille. À la même époque donc, j'avais entrepris de vendre de temps en temps les vêtements que ma mère avait laissés : ça ne payait pas le loyer, mais ça me faisait un peu d'argent de poche pour financer mes samedis soir. À chaque fois qu'elle revenait nous voir, cela causait des problèmes, elle voyait bien que le tas diminuait inexorablement.

Les années 1990 au Pérou étaient des années agitées. Les grèves se succédaient à la fac. Les semestres étaient erratiques, nous ne savions jamais quand nous aurions cours. Il pouvait se passer des mois sans rien. Je mis deux ans à valider ma première année. Je n'avais toujours aucune possibilité de travailler pour gagner ma vie, le visa promis n'arrivait pas, je commençais à tourner en rond.

C'est finalement la rupture avec mon amoureux de l'époque qui m'a aidée à prendre les choses en main. J'étais très affectée, notre monde se résumait à une dizaine de rues, le centre de Cuzco est un village, je ne pouvais pas faire un pas sans tomber sur lui et sa nouvelle élue. C'est là, je crois, que je compris ce qu'avait pu ressentir ma mère après son divorce.

Je voyais bien que la situation à la fac ne s'améliorait pas, je pris la décision de partir à Lima. Je m'inscrirais dans la même école hôtelière que ma demi-sœur Ursula, celle où elle avait étudié avant que la famille ne reprenne le petit hôtel. C'était une bonne école, plutôt cotée, qui offrirait de meilleurs débouchés qu'une université en grève perpétuelle. En attendant, je travaillerais, voilà ce qu'il me restait à faire.

En 1996, au milieu de ma troisième année de fac, alors que je n'avais validé que trois semestres, je déménageai à Lima. J'avais 20 ans, pas de diplôme, et j'atterris à Lima alors que ma famille était déjà partie vivre aux États-Unis. Seul l'un de mes demi-frères était resté dans la maison familiale. Il y vivait avec sa femme et ses deux enfants. Je ne voulais pas déranger, je préférai me trouver une petite chambre à moi.

Une fois la chambre trouvée à Miraflores, un très joli quartier de Lima, je me mis en quête d'un petit boulot. Je fis le tour du quartier, présentai ma candidature restaurant par restaurant. Enfin, je pouvais donner mon nom haut et fort sans que l'on me renvoie à ma famille ; pas de « vous êtes la fille de ? la nièce de ? » Je goûtai à cet anonymat que procurent les grandes villes avec délectation. Il y avait bien une avenue N. Arriola, mais le N tenait pour Nicolas et il n'avait rien à voir avec ma famille. Je pouvais vivre ma vie sans risquer qu'un voisin, un cousin, un ami de mon père ne juge ma conduite : déjeuner au soleil dans un parc si ça me chantait sans que l'on en déduise que je séchais les cours, jouer au billard, aller dans les bars, m'habiller comme bon me semblait… sans crainte d'être jugée ou dénoncée. J'avais acquis ma liberté.

Très vite, je trouvai du travail dans un petit restaurant espagnol, juste à côté de chez moi. Je commençai à rassembler les éléments pour ma candidature à l'école hôtelière. Carmen, une de mes amies de Cuzco, s'y était aussi inscrite et il était convenu que nous partagerions un appartement dès que ma candidature serait acceptée. Tout se mettait en place. J'appelai ma mère pour lui dire d'abandonner l'idée de me faire venir en France, il fallait que j'avance, je ne pouvais pas rester dans l'attente d'un hypothétique visa. Je voulais finir mes études et travailler.

Je commençai ce boulot de serveuse, j'étais plutôt contente, l'équipe était sympa. Il arrivait régulièrement que des cadres de l'entreprise de télécom espagnole Telefonica privatisent la salle du premier étage. Ces soirées pouvaient durer assez tard, elles étaient très bien payées. Lorsqu'on me proposa d'assurer le service pour une de ces soirées, j'acceptai immédiatement, trop heureuse d'arrondir mes fins de mois.

Le soir dit, je pris mon service avec enthousiasme, chargeai mon plateau des bières, pisco sour et autres verres de vin commandés par ces messieurs de Telefonica et montai les escaliers. Dès mon arrivée, les remarques jaillirent de toutes parts : « Bonjour chérie ! hey beauté ! » et autres commentaires plus ou moins obligeants. Il faut dire que la jupe de notre tenue était particulièrement courte. Je fis mine de ne rien entendre et continuai mon service, imperturbable.

Alors que je me penchai pour servir une table, je sentis des mains sur mes fesses. Instantanément, je me redressai, me retournai et balançai un coup de coude au premier identifié, je gardai le poing dressé, fermé, prête à décrocher une droite à l'importun. Je redescendis les escaliers en courant, en colère, secouée de larmes de rage. Les autres filles n'avaient pas l'air plus choquées que ça, c'était habituel me dit-on, rien de bien grave. Mon patron s'excusa : « J'aurais dû te prévenir qu'ils étaient un peu lourds, je suis vraiment désolé. » Je finis mon service tant bien que mal, rentrai à la maison et démissionnai dans la foulée.

À l'époque les hôtels de luxe ouvraient des casinos, c'était la mode, ils recrutaient massivement. Comme nous jouions beaucoup aux cartes avec mes frères et sœurs, je les maniai plutôt bien ; je tentai ma chance pour être croupière et fus embauchée. J'étais ravie : c'était bien mieux payé que mon boulot de serveuse, les horaires me permettraient, avec un peu d'organisation, de suivre ma scolarité à l'école hôtelière – je venais d'apprendre que ma candidature était retenue et devais commencer à la rentrée suivante – et j'avais de quoi payer l'appartement que nous partagions avec Carmen. Pour une fois, tout s'organisait pour le mieux, j'avais des perspectives. J'appelai ma mère pour lui faire part de toutes ces bonnes nouvelles.

« Ça ne va pas la tête ! » La réponse ne s'était pas fait attendre. Ma mère était désespérée, paniquée au plus haut degré. Alors que j'étais si fière de moi, de tout ce que j'avais mis en place, dans son esprit à elle, j'avais touché le fond. Avec ce job au casino, je passais définitivement du côté des filles de mauvaise vie, j'avais mal tourné. Elle chercha par tous les moyens à me faire venir en France, illégalement s'il le fallait – des cousines lui avaient parlé d'un moyen d'entrer en Europe sans visa. Voyant que ça ne menait nulle part, elle voulut démissionner : « Il faut que je rentre au Pérou, ma fille tourne mal, je dois m'en occuper », dit-elle à la femme qui l'embauchait. C'est à ce moment qu'elle lui proposa de contacter son député pour m'aider à obtenir un visa.

Voilà comment, six ans après son départ, je la rejoignis finalement. J'arrivai en France en mars 1998, à 22 ans, et il me fallait tout reprendre à zéro. Gérard vint m'accueillir à l'aéroport de Marseille, ma mère travaillait. Il tenait une pancarte avec mon nom dessus, nous ne nous étions jamais revus depuis notre fameuse rencontre à l'hôtel à Lima.

L'arrivée à Marseille, pour une jeune fille de Cuzco qui n'a jamais quitté le Pérou, c'est une petite révolution. Le Pérou est un pays magnifique, ses richesses culturelles et naturelles sont immenses, elles sont le fruit du mélange des cultures espagnole et andine, mais malgré tout, et en particulier dans les années 1990, ça demeurait un pays très homogène.

Lorsque nous arrivâmes place de la Porte d'Aix, je découvris une diversité à laquelle je n'avais jamais été confrontée : des hommes en djellabas qui fumaient le narguilé en buvant le thé, des femmes voilées, des garçons en kippas, des blonds, des bruns… Au Pérou, la religion avait une place centrale, tout le monde était catholique, il n'y avait pas tellement d'autres voies possibles. Sans doute y avait-il des juifs et des musulmans, mais nous n'en entendions pas parler tant le catholicisme était prégnant. Je n'avais aucune notion de l'histoire coloniale de la France, je ne voyais pas ce pays comme une terre spécialement multiculturelle, et à vrai dire, je n'y avais pas particulièrement pensé.

Dès mes premiers pas sur le sol Français, à l'aéroport, je me rendis également compte que mon niveau de français ne me permettait pas de me débrouiller seule. Personne ne comprenait un traître mot lorsque je demandais mon chemin pour retrouver le terminal qui me mènerait à l'avion pour Marseille. Arrivée à Marseille, ce sentiment se renforça considérablement.

Désireuse de participer aux tâches de la maison et d'être le plus indépendante possible, je cherchais à faire les courses.

Mais lorsque j'arrivais dans les boulangeries marseillaises avec mon accent espagnol pour commander du pain, cela mobilisait tout le magasin : vendeuses, clients, apprentis, tout le monde se mettait ensemble pour tenter de me comprendre, cela prenait de longues minutes, générait des discussions animées pour qu'à la fin la communauté s'accordât sur le fait que je voulais du « paing » et non du « pan », ni même, d'ailleurs, du « pain ». La déconvenue était grande, je croyais que je parlais français, je compris assez vite que je ne savais pas grand-chose.

Mais ce qui m'a sans doute le plus marquée, c'est l'apprentissage des saisons. J'arrivai au printemps. À la fin du mois de mars, à Marseille, le temps est déjà doux. Tous les matins, j'allais prendre des cours de français dans une association, je rentrais déjeuner à la maison et je partais faire du vélo. Ma mère m'ayant acheté un vélo, je m'essayais à grimper la côte de la Gineste ; au début, je n'arrivais pas jusqu'à Cassis, mais petit à petit, mon trajet s'allongea. Ma mère me donnait rendez-vous à la plage après son travail, vers 18 heures. Je découvris qu'il pouvait faire jour après 18 heures. Au Pérou, le soleil a une régularité de métronome, il se lève à cinq heures le matin, se couche à 18 heures, c'est comme ça tous les jours de l'année, jamais il ne nous fait défaut !

À Marseille on pouvait dîner sur la plage, je n'en revenais pas. Six mois plus tard, je découvris du même coup qu'il pouvait également faire nuit bien avant 18 heures, ce fut plus difficile à encaisser, mais c'est une autre histoire. Il y eut aussi de la neige, cet hiver-là. Cuzco a beau être à 3 400 mètres d'altitude, il y neige rarement. Les nuits sont fraîches, parfois très fraîches, mais la neige n'arrive que bien plus haut dans la Cordillère des Andes. Les fois où nous avons connu la neige se comptent sur les doigts de la main. C'était si rare que nous sortions dehors, appareils-photos en main, en nous extasiant. Ce qui était extraordinaire, devenait, en arrivant en France, banal.

Au-delà de ces changements radicaux, je me retrouvai bien seule. J'étais à un âge où, normalement, on ne vit plus avec ses parents et on se retrouve ensemble, on fait la fête. Je les voyais dans les bars, les restaurants, mais, à la plage, le soir, je demeurais seule avec mon bouquin : je ne parlais pas encore assez bien la langue et à mes cours, il n'y avait personne de mon âge. C'est juste après que je rencontrai Alexandre, parvins à entrer à Sciences Po et que, peu à peu, je parvins à construire ma vie en Europe jusqu'à devenir vraiment adulte.

J'ai survécu. Le départ de ma mère ne m'a pas empêché de faire des études ; débarquer en France à 22 ans avec quelques mots de français pour seul bagage ne m'a pas empêché d'avancer dans ma vie, de me construire une « belle situation » : un poste important, un bon salaire, un bel appartement sur les hauteurs du lac Léman. Tout ça, croyais-je, je le devais à mon inébranlable capacité à rebondir, à ne jamais baisser les bras ; tout ça je l'ai construit à la force de mes petits poignets, grâce à mon insatiable appétit de vivre, de travailler, la volonté de toujours me débrouiller. Je suis seule responsable de cette réussite et j'en suis très fière.

Voilà pourquoi je suis tellement ébranlée, en ce mois de février 2012, tandis que la néphrectomie, puis la chimio, m'ont mise à terre. Toutes mes certitudes ont vacillé, je ne suis plus sûre de rien. Cette force que je revendique comme étendard, dont je suis si fière, m'a désertée. Il me semble que toutes ces épreuves que j'ai traversées, ces murs qu'il m'a semblé gravir, n'étaient, au mieux, que des petits murets. Je me pensais capable de tout surmonter, mais je me fracasse contre ce mur-là. Je ne suis bonne à rien, je me suis laissé vaincre.

Je suis envahie par un sentiment d'injustice. Toutes ces petites nanas, qui ont eu leur papa et leur maman toute leur vie, qui n'ont jamais fait de sport ni gagné de médailles, n'ont pas eu à se battre pour quoi que ce soit et n'étaient pas premières en maths, qui mangent de la *junk food* et fument comme des pompiers… Toutes ces filles, elles n'ont rien. Elles ont des vies banales, elles ne risquent pas de mourir dans les semaines qui viennent.

Moi, qui me suis tant battue, je suis vaincue. J'ai l'impression de m'être laissé faire, voilà pourquoi j'en veux tant à mon corps. « Toutes les maladies sont le signe d'une volonté qui flanche[1] », j'ai lu cette phrase récemment, elle m'a touché au cœur parce qu'elle formulait précisément le sentiment qui m'animait alors. Si je suis malade, au fond, c'est ma faute. Je n'ai pas su résister ; ma volonté, pour la première fois de ma vie, ne suffit pas. Elle a flanché.

---

1. Sylvia Plath, *La Cloche de détresse*, trad. Caroline Bouet, Paris, Denoël, coll. « Denoël et d'ailleurs », 2023, 320 p.

3.

Les toutes premières semaines qui suivent le début de la chimiothérapie sont d'une rare violence. La bataille que se livrent mon corps et mon cerveau est plus féroce que jamais. Mon corps est à plat. Très vite, les premiers effets secondaires se font sentir alors que je suis encore en convalescence de la néphrectomie.

La fatigue d'abord, indicible, indescriptible. Cela, tous les malades de cancer le disent, il est impossible, tant qu'on ne l'a pas vécu, de retranscrire la réalité de la fatigue qui résulte de la chimiothérapie. Les médecins parlent d'asthénie. Elle ne disparaît pas après une bonne nuit de sommeil, elle enveloppe le corps dans son ensemble, rend impossible les tâches les plus insignifiantes.

Puis arrivent les nausées et les saignements. De manière incontrôlée, sans pouvoir anticiper d'aucune façon, je me mets à saigner du nez, abondamment, au milieu d'une phrase, d'un repas, n'importe quand. Du nez, de la bouche, de tous les orifices. Il apparaît assez vite que je bénéficie du traitement expérimental, et non du traitement classique. Cela explique, me dira ma cancérologue, que les effets secondaires se manifestent si vite et si violemment. Elle décidera d'ailleurs par la suite de revenir au traitement classique.

Face à cela, mon cerveau est en ébullition. Il n'a de cesse de fustiger ma fainéantise, mon manque de volonté. Il ne laisse rien passer. Je suis dans les montagnes russes, oscillant entre des journées, des heures parfois, de laisser-aller total où je ne mange pas, ne me lève pas, où, si ma mère n'était pas là, je ne me laverais même pas ; et des tentatives de résistance. Je m'accroche à ce qui me semble important : ma vie d'avant, demandant du travail à mon bureau à Genève, mais parfois incapable de le faire. Je peux alors laisser libre cours à ma colère contre mon corps.

Je n'ai aucun point d'ancrage auquel me raccrocher. Je suis perdue dans les limbes, il m'est impossible de me projeter. À nouveau, la durée de mon arrêt de travail est d'un mois. Je ne comprends pas. Pour moi, cela évoque la possibilité d'être, le mois suivant, suffisamment remise pour aller travailler. Je ne suis pas assez clairvoyante pour me rendre compte que je ne vais pas me lever un beau matin et finir tranquillement ma chimio à Genève tout en travaillant.

Je reste braquée sur ma vie « normale » : Genève, le travail. Aix est provisoire, ça ne peut pas être autrement, j'ai mis tant d'énergie à tout construire hors de cette ville. Si on me donne un mois d'arrêt, c'est donc que ça ne va pas durer si longtemps, alors je n'ai qu'une idée en tête : le moment où ma vie reprendra son cours, tout tracé.

Aix est provisoire aussi parce que dans mon esprit, Alexandre est provisoire. C'est tout neuf, c'est trop récent, ça ne peut pas être autrement. Au-delà de la réserve qui me tient à distance, liée à notre histoire, je ne me fais pas d'illusions sur la situation. Je suis là, chez lui, impotente, mon avenir est plus qu'incertain, comment envisager quoi que ce soit sur le long terme dans ces conditions ?

C'est bien dommage, pensé-je alors, cette occasion manquée. Je l'avais tellement aimé, j'avais mis tant de temps à me remettre de notre première histoire, j'avais tellement rêvé de le voir revenir, de l'avoir pour moi toute seule et de construire quelque chose avec lui. Mais là, il va me quitter, c'est certain. Pourtant, il a l'air prêt à revenir, il est libre cette fois, me dit qu'il m'aime. Il semblait que c'était le bon moment pour nous. La vie nous a joué un sale tour, me dis-je, il ne va pas me dire de partir de chez lui tout de suite, mais il voudra tout arrêter, c'est évident : qui démarre une relation dans un contexte pareil ? C'est dommage, on aurait pu se retrouver.

Je doute et en même temps, il m'apporte de la force. Chaque week-end, il ramène la vie avec lui, me tire de ce marasme. Il fait *comme si* : me parle comme si je n'étais pas malade, organise des déjeuners du dimanche avec son frère comme si la situation était normale, parle d'avenir, fais des plans comme si tout allait bien… Il contrebalance l'anxiété de ma mère, qu'elle ne parvient pas à masquer, et met de la joie dans cette grande maison vide. Il me secoue un peu aussi, doucement. C'est une bouffée d'air ; une bouffée d'air et un point d'ancrage avec la vie.

Cela m'oblige à faire bonne figure, à me redresser. Le jeudi ou le vendredi, à l'approche de l'heure du train, ma tête porte un peu plus haut, mon esprit sort de sa torpeur. Je dessine un sourire sur mes lèvres que je tâche de tenir trois jours durant : qui veut d'une femme qui passe son temps à se plaindre ?

Bien souvent, surtout au tout début, il fait le garde-malade, il prend le relais de ma mère et m'aide à me lever, à m'habiller, me lave, fait à manger… Leur cohabitation bancale me fait sourire. Elle est là, silencieuse, sur ses gardes, toujours pleine d'a priori sur lui. Et pourtant chaque week-end, ils sont coincés au moins deux heures ensemble : il faut faire les courses. Ma mère ne conduit pas, je ne suis pas en état, il nous faut attendre l'arrivée d'Alexandre pour remplir le frigo pour la semaine.

Les supermarchés, Alexandre adore. Il fait méthodiquement le tour de chaque rayon, suivant un parcours rituel, immuable, compare, soupèse, choisit méticuleusement les produits, ne manque rien : nouveau produit, occasion, promotion… Aujourd'hui encore, c'est une source d'incompréhension pour moi. Je le fais parce qu'il le faut bien, expédiant la corvée le plus rapidement possible, alors que des allées où je n'ai jamais posé ne serait-ce qu'un orteil n'ont aucun secret pour lui.

Chaque week-end, il emmène donc ma mère avec lui en voiture. Les voilà tous les deux : ma mère taiseuse, obligée de faire bonne figure – il a la gentillesse de nous accueillir, de me recueillir. Alexandre, volubile, ravi de sa mission, usant de tous ses charmes pour essayer de la dérider ; elle, ne se laissant pas attendrir, ses réponses lapidaires : oui, non, peut-être, je ne sais pas, merci, et lui faisant semblant de ne pas s'en rendre compte. Son austérité à elle contre sa chaleur à lui. Tous les samedis, tandis que je les vois partir, s'installer dans la voiture, je les imagine, j'essaie de deviner leurs conversations, plus vraisemblablement leurs silences, gauches l'un à côté de l'autre, et ça m'amuse : je ne peux pas m'empêcher de sourire devant cet attelage si mal assorti. Sa venue m'offre trois jours de normalité : des repas animés, gais, des discussions dans la douceur du jardin, où l'on s'installe sur les transats, et surtout la garantie de n'être pas considérée comme une malade.

C'est une vraie rupture dans mon quotidien marqué par les soins, les médicaments, l'immobilité. Tous les jours, les infirmières viennent changer mon pansement et faire la piqûre d'anticoagulants. Après l'hospitalisation et la douleur, avec les médicaments quotidiens, la chimio, cette piqûre quotidienne m'est insupportable, je voudrais juste qu'on me laisse en paix. Être piquée tous les jours me révulse. Encore aujourd'hui, la simple vue de la moindre aiguille est insoutenable. J'imagine que dans mon esprit, cela matérialise la maladie.

Un jour, alors que je m'en ouvre auprès d'Hélène, l'une des infirmières, celle-ci me rétorque : « Ce n'est que provisoire, dès que vous marchez, nous ne viendrons plus. » Immédiatement, cette phrase fait mouche. Elle agit comme un détonateur, le déclic qu'il me fallait. Pour la première fois depuis l'opération début janvier, j'ai un objectif clair, concret, auquel me raccrocher : je dois marcher seule.

Cette simple phrase me permet de me reconnecter avec une part de moi que je croyais disparue : ce moi fort, obstiné, déterminé à surmonter les obstacles. Je m'y attelle comme j'ai l'habitude de le faire, avec sérieux et acharnement. Chaque jour, je tâche de progresser, petit pas par petit pas. Aller de mon lit au placard, de l'évier à la table de la cuisine, puis d'une pièce à l'autre. Un pas, puis deux, puis trois. Seule, sans le soutien de ma mère ou d'Alexandre. Petit à petit, j'arrive à me lever et à aller seule aux toilettes, c'est la première vraie victoire. Pour la première fois j'entrevois la possibilité d'une amélioration : la fin des piqûres, l'autonomie retrouvée.

Au deuxième arrêt de travail, et avec la perspective de la chimiothérapie, il me faut aussi réfléchir à ce que je vais faire de mon MBA. Il devient évident que je ne pourrai pas participer à la prochaine session, je décide de les contacter. Jusque-là, je les avais uniquement prévenus que je devais subir une intervention. Je leur écris donc pour les informer de mon absence prochaine et de ma maladie, il est probable, leur expliqué-je, que je ne sois pas en mesure de continuer compte tenu de mon état et des exigences des traitements.

Lorsque j'écris ce message, je suis intimement persuadée que je ne vais pas finir ce diplôme, je suis malade, je n'y arriverai pas. Assez vite, la responsable me répond : un message très gentil, très bienveillant. Elle est désolée d'entendre ça, personne ne s'en doutait, j'étais tellement en forme en décembre. Elle poursuit en m'expliquant qu'elle comprend ma volonté d'arrêter, mais que de leur côté, ils peuvent tout à fait aménager mon cursus : je ne serai pas obligée de terminer comme prévu en deux ans, ils sauront s'adapter, je pourrai travailler à mon rythme, et qui sait, peut-être même que ça me changera les idées.

À aucun moment, il n'est question de remboursement, ce qui est loin d'être anodin puisque ces formations sont extrêmement onéreuses. Je n'avais pas osé formuler la demande clairement dans mon message, mais j'étais persuadée que ça me serait proposé. Sur le moment, je suis perplexe et agacée, je m'attendais à tout, sauf à cette réponse. Je me dis qu'ils exagèrent et que dans le fond, ils ne veulent pas me rembourser. J'en parle à Alexandre qui, à ma grande surprise, est emballé par l'idée. « Ils ont raison, ça va te changer les idées. Et puis en plus, ça te fera voyager un peu. Pas tout de suite évidemment, mais quand tu seras plus en forme, tu pourras y aller. »

Je suis stupéfaite. Tout le monde, sauf moi, pense que c'est une bonne idée, personne ne semble comprendre ce qu'implique ma maladie. Je prends tout de même le temps de réfléchir, principalement préoccupée, il faut le dire, par l'idée que je pourrai perdre les 100 000 francs suisses (à peu près 80 000 euros) que j'ai déboursés de ma poche.

C'est vrai que j'ai dû me battre pour faire ce MBA. L'idée était née dans le train, un an plus tôt, lorsque j'habitais encore à La Conversion, sur les hauteurs du lac Léman, avec mon ex-compagnon. Nous étions une petite bande de l'école hôtelière à travailler à Genève tout en habitant dans la région de Lausanne. Il y avait à peu près une heure de trajet pour rallier Genève et nous nous retrouvions tous les matins dans le train, nous gardions des places les uns pour les autres, prenions des croissants et des thermos de café tout en refaisant le monde. Nous échangions sur nos vies, nos carrières. La plupart d'entre nous étions arrivés à la conclusion que nous étions à un plafond. Si nous voulions progresser professionnellement, il nous fallait faire un MBA pour pouvoir accéder à des postes plus élevés. Les uns après les autres, nous avions postulé, chaque matin, nous arrivions dans le train avec nos lettres de refus ou d'acceptation. De mon côté, j'avais postulé à plusieurs universités, dont la prestigieuse université de Saint Gallen, dont le MBA est très reconnu. Je venais d'être recalée dans une autre université, dont le niveau était jugé plus faible, il ne me restait plus qu'une réponse en suspens : Saint Gallen. Je n'avais pas beaucoup d'espoir, mes camarades étaient d'accord : si j'avais été refusée là, jamais Saint Gallen ne me prendrait.

Je n'avais pas ménagé mes efforts pour cette candidature, je n'avais pas un profil classique : l'hôtellerie n'était pas très pourvoyeuse dans ces formations élitistes. J'avais pris des cours du soir pendant un an pour préparer les tests d'entrée, notamment le G. Mat, un examen particulièrement difficile que je parvins à réussir. J'allai aux entretiens au culot, vantant mes mérites en insistant sur ma capacité de travail, mon profil atypique était une chance, répétais-je. Restait le test d'anglais, je n'avais pas passé le Toefl, cela pouvait me disqualifier. Au bluff, j'expliquai à l'examinatrice que j'avais vécu aux États-Unis et au Royaume-Uni, j'étais presque bilingue. Elle accepta de se passer du sésame à condition que je passe un entretien supplémentaire. Je le préparai avec acharnement, redoublant d'ardeur, j'y mis toute ma force de conviction. J'attendais les résultats avec anxiété. Lorsque l'enveloppe arriva, une nouvelle fois, je m'attachai aux quatre premiers mots : « nous avons le plaisir », c'était gagné !

Ce matin-là, j'étais arrivée dans le train avec des viennoiseries et du café pour tout le monde, j'aurais bien apporté le champagne s'il n'avait pas été si tôt. À mon travail, la nouvelle fut d'abord accueillie avec fierté : j'étais la première de l'entreprise à accéder à Saint Gallen, le grand patron offrit le champagne. Puis les choses se gâtèrent. Ma cheffe y vit un excellent moyen de me faire partir. Elle refusa que l'entreprise prenne en charge les frais comme c'est l'usage habituellement. Je dus donc payer l'intégralité de la somme de ma poche, j'investis toutes mes économies et empruntai un peu d'argent. Ensuite, elle refusa de m'accorder des jours de formation, il me fallut poser chaque mois des jours de congé. Elle comprit assez rapidement que je n'étais pas en congé, mais en formation à Saint Gallen, Londres ou Barcelone et se mit à me mener la vie plus dure encore. Elle se plaignait à la direction, racontait que je manquais exprès telle ou telle réunion, disait que je me déchargeais de mes responsabilités… C'était un combat de chaque instant, ça me coûtait, au sens propre comme au figuré.

Je me laisse donc convaincre de poursuivre le MBA, au départ essentiellement guidée par l'idée de ne pas perdre d'argent et d'honorer ce que ça me coûtait. Mais dans le fond, je pense que ça ne sert à rien : un nouveau titre pour mon cercueil, la belle affaire… Ils vont bien voir que l'idée n'est pas si bonne. Mais un matin, j'ai pris mes cours, je me suis assise à la table du salon, et oui, l'idée n'était pas si mauvaise ; je retrouve une partie de moi-même, je prends plaisir à cette stimulation intellectuelle, ça me permet – Alexandre et la directrice avaient raison – de penser à autre chose.

Dans le même temps, mes efforts pour parvenir à marcher paient. Je suis de plus en plus autonome. Un matin où ma mère me trouve debout dans la cuisine, elle me regarde : « Tu as marché jusqu'ici toute seule ? » Elle était partie de Genève un peu précipitamment à l'annonce de ma maladie. « Ma fille est malade, je dois aller l'aider », avait-elle dit à la mère de famille qui l'employait avant de me retrouver à Aix juste à ma sortie de l'hôpital.

« Maman, il faut que tu rentres à Genève ou bien nous serons deux à être virées » lui dis-je. Je suis suffisamment indépendante pour me débrouiller, ma mère décide de rentrer en Suisse reprendre son travail.

Peu de temps avant, mon ex-compagnon a appelé. Le préavis de l'appartement que nous partagions est enfin expiré : lui-même a trouvé un nouvel appartement, il faudrait que je débarrasse mes meubles. Puisque ma mère rentre à Genève, c'est elle qui va s'en charger. Reste la question de savoir si je dois me mettre moi aussi en quête d'un nouvel appartement. J'en parle avec Alexandre.

« Tu peux rester aussi longtemps que tu veux ici. La maison est grande, il y a le jardin, c'est un bon cadre pour être malade. Le mieux, c'est que tu te retapes tranquillement ici, et quand ça va mieux, tu peux retourner à Genève. »

Je me range à son avis, la convalescence ne devrait plus être très longue. Avant son départ, je confie à ma mère la mission de me trouver un nouvel appartement. Je finirai bien par retourner en Suisse, si l'on me donne des arrêts de travail d'un mois, c'est bien que je pourrai rentrer à Genève bientôt.

Je suis désormais seule la semaine. Forte de mes récents « progrès », j'envisage de reprendre le travail à mi-temps pendant la chimio. Je commence à en parler à mes responsables. En attendant la réponse de l'entreprise, je continue à demander et à recevoir du travail.

Mon dialogue intérieur se poursuit ardemment. Chaque jour, je m'acharne, avec plus ou moins de succès, à me connecter à mon ordinateur pour travailler. Mais je suis encore trop faible, les effets de la chimiothérapie ne cessent de s'intensifier, souvent, je n'y parviens pas. Je continue d'osciller entre ces moments d'hyperactivité et d'abattement total.

À mon deuxième rendez-vous chez le docteur B., un troisième arrêt maladie d'un mois, cette fois, je relève. J'ai le sentiment de faillir à mon devoir, ce n'est pas raisonnable de promettre de revenir comme ça, chaque mois, ce n'est pas correct.

« Encore un mois ? Est-ce que vous savez quand je pourrai retourner au travail ?

— On ne peut pas anticiper, l'important pour l'instant, c'est de vous soigner, rétorque-t-elle. »

Je repars avec un troisième arrêt maladie d'un mois. Toujours dans l'attente de mon retour à Genève, le mois d'après, peut-être ?

Les semaines qui suivent, je continue à m'acharner à ne pas perdre le fil de mon job, je suis en pleines négociations pour reprendre à mi-temps si les médecins l'autorisent. Un jour, j'appelle l'un de mes collègues en charge de l'informatique qui est aussi un très bon ami. J'essaie de faire une tâche sur l'un de nos logiciels comptables, mais celui-ci ne répond pas. Je suis coincée. Au téléphone, je suis agacée, stressée, pressée, comme souvent. On se connaît bien, il sait quelle est ma situation et n'en revient pas.

« Mais qu'est-ce que tu fais ? Tu es malade !

Je fais mine de ne pas entendre.

— Mais je suis en train de faire des entrées dans le logiciel et ça ne marche pas.

— Tu n'entends pas ce que je te dis ? Qu'est-ce que tu fais à penser à nous ? Tu es malade, allonge-toi, prends le temps de te remettre !

— Oui, oui, d'accord…

Une pointe d'agacement dans ma voix, un silence anxieux et je repars de plus belle.

— Mais tu vas m'aider quand même ?

Il finit par accepter de régler mon problème informatique.

— Ça ne vaut pas la peine ici, ça n'en vaut pas la peine, tu comprends ? Oublie-nous ! Tu es malade, tu dois avant tout guérir. Oublie-nous ! me glisse-t-il à la fin de la conversation. »

Malgré mon aveuglement, ces mots font mouche. Mine de rien, après cette conversation, j'accepte de lâcher un peu plus. Lorsque je me sens trop mal, je n'essaie pas de travailler à tout prix. Quand je suis plus en forme, en revanche, je m'y attelle tout de même, arrêt maladie ou pas.

Entre chaque rendez-vous chez le docteur B., je dois faire une série d'examens de contrôle : prise de sang, scanner. Cela fait deux mois que la chimio a commencé, je retourne à l'hôpital Nord pour les contrôles. À l'accueil, une dame se plonge dans mon dossier administratif.

« Ah, vous êtes en ALD.

— En quoi ?

Je n'y comprends rien. Encore ce jargon pensé-je, au fond de moi.

— En ALD, affection longue durée, ça veut dire que ça va durer longtemps, Madame. »

Je ne suis pas encore complètement prête à me rendre à cette réalité, mais j'avance, peu à peu, vers une prise de conscience qui va me permettre de jeter toutes mes forces dans le combat contre la maladie, et non plus contre moi-même.

III

Le combat

I.

On m'a laissé un peu de répit pour que je récupère, mais il faut maintenant s'occuper de mon rein gauche et traiter le syndrome de la jonction. Le docteur B. avait posé un traitement temporaire, la priorité étant le rein droit, la masse, le cancer.

Le 26 avril 2012, je suis donc de retour à l'hôpital ; puisque je n'ai plus qu'un seul rein, il faut faire en sorte qu'il soit fonctionnel. L'opération, normalement, n'est pas compliquée, j'en aurai pour quelques jours seulement me dit-on.

De mon séjour de janvier, de la douleur au réveil, je garde une très forte appréhension. J'ai ma tablette avec moi, et j'écris. J'écris frénétiquement. Je ne sais plus très bien quoi, un mélange de dernières volontés, de pensées sombres lâchées en vrac, des dizaines, des centaines de notes, j'essaie de canaliser l'angoisse qui m'assaille en la mettant en mots. Jusqu'à ce que les brancardiers viennent me chercher, je continue d'écrire, dans l'ascenseur, le couloir qui me mène au bloc, j'écris toujours. Je n'accepte de lâcher la tablette que lorsque je n'en ai plus le choix, lorsque l'on me fait entrer dans l'environnement stérile, juste avant de m'endormir.

L'opération, en effet, est assez rapide. Au retour, je ne me sens pas bien, j'ai de la fièvre, personne ne comprend pourquoi jusqu'à ce qu'à un moment, Alexandre appelle l'infirmière. Il me regarde bizarrement.

« Elle est jaune là, pourquoi elle est jaune ? Elle n'est pas jaune d'habitude… c'est normal ? » demande-t-il avec une angoisse qu'il ne parvient pas à dissimuler. Aussitôt, c'est le branle-bas de combat. La chambre se remplit : infirmières, internes, médecins. Le docteur B. arrive rapidement.

Le diagnostic ne se fait pas attendre, la sonde s'est obstruée, je risque une infection généralisée, il faut la changer en urgence. Je dois repartir au bloc.

L'anxiété me saisit aussitôt et j'attrape ma tablette pour saisir mes pensées et les coucher par écrit avec fébrilité. Une nouvelle fois, les brancardiers compréhensifs me laissent faire le trajet tablette en main. Mon cœur bat à tout rompre, je ne pensais pas une seconde me retrouver en chirurgie si rapidement. Au bloc, tout le personnel m'accueille avec perplexité.

« Encore vous ? On ne pensait pas vous revoir de sitôt ! » Tout le monde m'entoure de mille attentions. Quelques heures plus tard, je retrouve ma chambre.

« Coucou ! Tout va bien ? » J'aperçois Antoine, le frère d'Alexandre, dans l'entrebâillement de la porte. Il passe souvent à l'improviste comme ça. Il me suffit d'entendre sa voix pour retrouver le sourire, sa gaieté est contagieuse.

J'ai soif. Je le supplie de m'apporter un coca. Un coca à l'américaine, bien frais, bien dilué dans les glaçons, quand j'ai très soif, c'est de ce cela dont je rêve, un reste de mon éducation sur le continent américain sans doute ! Il proteste pour la forme.

« Bon, je ne pense pas que ton chirurgien serait ravi, mais je vais voir ce que je peux faire.

Quelques minutes plus tard, il revient, l'œil aux aguets, le verre de coca planqué sous sa blouse blanche, il se donne des airs de grand conspirateur.

— C'est bon, tu peux y aller, il n'y a personne ! »

Je lui jette un regard empreint de reconnaissance et me jette sur la boisson tant espérée. Antoine est très présent. Nous nous connaissons bien à présent, c'est devenu mon médecin traitant et on se voit presque tous les week-ends. Il est un allié précieux dans la maladie, décortique les comptes rendus des examens, les traduit pour moi en langage compréhensible et, surtout, il affiche un optimisme à toute épreuve.

Le docteur B. vient faire son compte rendu un peu plus tard. L'opération s'est bien passée. Il a fallu poser une autre sonde, provisoire ; quand tout sera rentré dans l'ordre, d'ici un ou deux jours, m'explique-t-il, il faudra une nouvelle intervention pour remettre une sonde pérenne. C'est un nouveau coup dur. J'étais entrée pour une opération facile et rapide, je me retrouve avec trois interventions en six jours.

Après cette annonce, l'angoisse me submerge. Je suis intimement persuadée que je ne m'en sortirai pas, personne ne peut tenir un tel rythme de chirurgies, me dis-je, malgré tous leurs efforts, ils n'arriveront pas à soigner mon rein, il est irrécupérable, je suis bonne pour la dialyse, c'est sûr. Voilà les pensées qui m'habitent alors. Tout est peur, noirceur, cataclysme. Je n'entrevois aucune issue positive, ça m'est impossible. C'est trop. Voilà ce que je note, tête baissée sur mon Ipad, sans pouvoir m'arrêter. Les brancardiers me laissent faire, ils essaient de me rassurer, d'être légers.

« Mais ne vous inquiétez pas, vous allez revenir dans votre chambre rapidement !

— C'est ce qu'on me dit depuis une semaine, mais je passe encore au bloc... »

Je me laisse déborder par l'anxiété. Cette fois, c'est l'anesthésiste qui m'accueille avec des yeux ronds. « Encore vous ? Vous n'allez pas tenir avec autant d'anesthésies en une semaine ! »

Rassurant.

Une fois encore, l'opération s'est *bien passée*. Pour de bon semble-t-il, puisque je ne retournerai pas au bloc. Enfin, je peux souffler. Je peine à me remettre. C'est physiquement moins dur que la néphrectomie, bien sûr, mais c'est sans doute l'une des semaines les plus intenses de ma vie. Des montagnes russes émotionnelles.

Entre deux anesthésies, il est prévu que je rencontre le reste de la famille d'Alexandre. Un jour où ma mère, qui est venue pour l'occasion, est assise auprès de moi dans la chambre, Antoine passe une tête par la porte, lance son

« coucou ! » habituel. Puis je vois entrer Alexandre, ses parents et sa sœur.

Aussitôt, ma mère se dresse sur ses deux pieds. Rattrapée par sa timidité maladive, elle balbutie quelques formules de politesse, lance, d'un filet de voix, des « bonjour » à la cantonade, attrape sa veste et file à l'anglaise : « je vais vous laisser… »

Je suis au fond de mon lit. Encore un peu jaune, les cernes creusés, les cheveux en bataille, j'ai encore la blouse bleue de l'hôpital. Ce n'est pas tout à fait l'idée que je me faisais de la rencontre avec ma belle-famille. Je me rêvais plutôt maquillée, bien coiffée, chaussée de mes sacro-saints Louboutin. Au lieu de cela, je leur livre une pâle version de moi-même.

Je ne sais pas ce qu'Alexandre leur a dit, je ne sais pas comment il m'a présentée, ce qu'il leur a expliqué, ce qu'ils savent de nous. A-t-il dit une copine ? Ma copine ? Ma nouvelle femme ? Aujourd'hui encore, je n'en ai aucune idée.

Il m'a tout bonnement sortie de son chapeau, comme un magicien son lapin blanc. Trois mois plus tôt, je n'existais pas, et les voilà tous les cinq à mon chevet ; ils me découvrent alors que je suis dans mon état le plus vulnérable, couchée dans mon lit d'hôpital, à terre après tant d'opérations. Trois mois seulement auront suffi à faire de son frère une personne-clé de mon quotidien et il a organisé, en quelques minutes, sans me connaître le moins du monde, alors même que j'étais en Suisse, tout mon suivi médical.

Tout le monde fait comme si de rien n'était, comme s'il était absolument normal de se rencontrer ici, autour d'un lit médicalisé, au milieu des perfusions, des médicaments et des infirmières. Leur présence annule tout ça : l'odeur d'antiseptique, la froideur des murs. Ma chambre devient un cocon chaleureux. La conversation s'engage immédiatement, naturelle, badine, chaleureuse. Comme si l'on était au salon à l'apéritif, sans champagne et ni olives, le plateau froid du déjeuner et le broc d'eau de cantine en verre incassable en guise de décorum.

Aussitôt, je suis accueillie comme l'une des leurs. Ils ne savent rien de moi, si j'ai une bonne situation ou non, d'où je viens, qui je suis. Ils ont aperçu ma mère, d'accord, mais ce que font mes parents ? Aucune idée. Ça ne fait que quelques mois que je suis dans la vie d'Alexandre ? Peu importe, il m'a choisie et cela semble suffire pour que tous fassent bloc autour de moi contre la maladie, cela devient l'affaire de toute la famille.

« Viens déjeuner à la maison, il faut que tu manges, tu es très maigre ! », me lance Manon, ma belle-mère, peu de temps après l'opération, avec la sollicitude un peu bourrue qui la caractérise.

Très vite, il est convenu que j'irai déjeuner chez eux une fois par semaine, lorsqu'Alexandre est à Paris. Je découvre alors un aspect de la vie française que je ne connaissais pas : le rituel des repas de familles nombreuses. Chaque semaine, je sonne à la porte, la table est mise : jolie nappe, verres à eau, verres à vin, porte-couteaux. On m'a attribué une serviette, ainsi qu'un rond de serviette.

Je ne connaissais pas cette pratique bien ancrée en France du rond de serviette qui veut que l'on attribue à un invité régulier son rond de serviette au même titre que les autres membres de la famille, pour lui signifier qu'il fait, lui aussi, partie de la maison. Ainsi, j'appartiens désormais moi aussi à cette maison, j'ai mon rond de serviette et ma serviette attitrée. Chaque semaine, il est posé là, à côté de mon assiette, chaque semaine, j'y jette un œil en entrant dans la salle à manger et cela suffit à m'apaiser, à me sentir accueillie, enveloppée.

On prend l'apéritif au salon, puis on passe à table. Les parents d'Alexandre sont très bons vivants, on mange extrêmement bien et Jean-Louis, son père, porte toujours une attention particulière au vin. Invariablement, le même dialogue s'engage entre nous deux.

« Avec le traitement, Jean-Louis, je ne crois que ce soit très raisonnable...

Mes faibles protestations ne trouvent jamais grâce à ses yeux et chaque fois, il me sert.

— Un peu de bon vin, ça ne peut pas faire de mal. Allez, on trinque ! »

Je me coule avec délectation dans la chaleur de ces rituels. Autant qu'ils semblent m'adopter, je fais mienne cette famille.

J'ai toujours été experte en familles de substitution. Lorsque j'étais ado, dix fois, je fus adoptée par la famille de mes amies. Après le divorce de mes parents, notamment, j'avais élu domicile chez mon amie Vanessa. À force, il y avait toujours un couvert pour moi à la table familiale. C'était une famille nombreuse, je m'y sentais tellement bien que je restais souvent dormir sans demander à personne. J'y passai même quelques Noëls, je faisais la queue avec les autres enfants pour recevoir les étrennes de la main de son père. Sans gêne.

Plus tard, il y eut aussi Teresa et sa famille, qui pour moi, mais aussi pour tout notre petit groupe d'amies, devint un repère, un point de ralliement. Et puis, bien sûr, la première femme de mon père, Maman Nora. Bien avant l'hôtel à Lima, je passais des heures à côté d'elle, à la regarder coudre, c'est elle qui m'a appris. Elle me faisait des robes que je ramenais à la maison, ce qui faisait enrager ma mère. J'étais collée à Ursula, sa deuxième fille, qui avait huit ans de plus que moi. C'est elle qui m'a fait découvrir les boîtes de nuit lorsque j'avais quatorze ans. Elle disait à ma mère que nous allions faire une soirée pyjama et m'emmenait dans ses virées.

Avec la famille d'Alexandre, je retrouve cette chaleur que j'allais chercher lorsque j'étais enfant. Le temps passant, je tisse avec Jean-Louis une relation particulière. J'ai pour lui une admiration sans bornes. C'est un puits de science. On peut parler des heures entières avec lui de musique classique, de littérature, de sciences… Nos discussions à la table familiale sont des instants de pur bonheur, pour rien au monde je n'y dérogerais, je les attends chaque semaine avec impatience. Plus tard, bien après la maladie, nous

nous sommes même lancés ensemble dans l'apprentissage du russe.

Il a alors déjà près de 90 ans et pour lui, c'est une manière de renouer avec ses racines, le russe était sa langue paternelle. Son père, Schlema Medvedowsky, était ukrainien et juif. À l'âge de 20 ans, sa famille décida de l'envoyer en France pour qu'il puisse faire ses études de médecine, fuyant les tourments politiques de la Russie tsariste autant que les pogroms. En 1915, quatre ans après son arrivée, alors qu'il était enfin parvenu à commencer ses études de médecine, Schlema, comme le firent de nombreux médecins étrangers, s'engagea dans la légion étrangère pour participer à l'effort de guerre. Il fut affecté au corps expéditionnaire français d'Orient en tant que médecin-auxiliaire.

À son retour, devenu médecin, il s'installa à la Tour d'Aigues avec toute sa famille. Il sillonnait la région à vélo pour voir ses patients. Très tôt, après la défaite de la France pendant la Seconde Guerre mondiale, il fit le choix de prendre part à la Résistance, malgré les risques évidents. En juin 1944, alors que les combats pour la libération faisaient rage, il fut arrêté puis fusillé par des miliciens. Jean-Louis avait alors 14 ans. Il dut, avec sa mère, multiplier les recherches, faire le siège des administrations de longues semaines durant avant d'apprendre la vérité sur ce qu'il était advenu.

Il tient sa force de là. De Schlema, ce père immense, disparu en héros. À 14 ans, c'en était fini du temps de l'insouciance. À 14 ans, il eut le sentiment de devoir prendre le rôle de chef de famille, pour seconder sa mère ; bien que petit dernier, il était le seul garçon de la famille. Toute sa vie durant, il fut guidé par le devoir d'être à la hauteur de ce père qui avait donné jusqu'à sa vie pour les autres. C'est ainsi qu'il suivit les traces de son père et devint cardiologue.

En plus d'un travail exigeant, il donne de son temps pour des dizaines d'associations, il est membre de l'American Society of Cardiology, s'engage corps et âme pour l'association du Camp des Milles. Quand je le rencontre, en 2012, il est à la retraite, mais demeure débordé. Régulièrement, nos déjeuners sont interrompus pour un conseil d'administration, une réunion, un colloque… Souvent, je lui demande comment il faisait lorsqu'il travaillait. « Oh, eh bien je faisais ça en plus de mon boulot », répond-il avec un détachement qui renforce encore mon admiration pour lui.

Je suis devenue l'un des mille projets qui l'occupent. Il se donne pour mission de m'accompagner dans ma maladie : venant avec moi à mes rendez-vous lorsqu'il le peut, il lui revient toujours de lire en premier les comptes rendus, appelle les médecins pour avoir des précisions, des réponses : « expliquez-moi son cas », demande-t-il avec l'assurance du professeur de médecine qu'il continue d'être malgré la retraite, prend lui-même les rendez-vous lorsque les délais lui semblent trop longs.

« Oui bonjour, professeur Medvedowsky à l'appareil, je voudrais un rendez-vous pour une scintigraphie la semaine prochaine. »

Et ça marche. Toujours. Ce que j'obtiens dans les trois mois, il l'obtient dans les trois jours. Il est connu comme le loup blanc dans les hôpitaux d'Aix et Marseille. Lorsqu'il m'accompagne à l'hôpital, les infirmières lui tombent dans les bras, elles forment une nuée volubile tout autour de lui : « Docteur ! C'est vous ? Quel plaisir de vous voir ! » Il se souvient du nom de chacune, de leur parcours, leurs débuts, me présente à toutes : « C'est ma belle-fille, il faut bien s'occuper d'elle. » Ma belle-fille : l'expression m'émeut, il n'est bien évidemment pas question de mariage entre Alexandre et moi.

Avec Antoine, ils forment tous deux un tandem rassurant. Ils traduisent pour moi les analyses, les comptes rendus, le jargon médical, répondent à toutes mes questions, même les plus incongrues. Je n'ai plus besoin de me concentrer pour comprendre le charabia des médecins, de faire le siège de leur secrétariat pour n'être, à la fin, jamais rappelée : je les ai à mes côtés, je sais que plus tard, j'aurai une traduction claire, une réponse à mon inquiétude. C'est une chance immense : avec eux, je ne suis pas un dossier parmi la pile, j'ai droit à un suivi personnalisé.

Ils ponctuent invariablement la lecture des documents que je leur apporte d'un « Ah ouais, ok, ça va » ; en bons médecins, ils considèrent que tant que le processus suit son cours, que tout est normal au regard des indicateurs médicaux, rien n'est grave. Bien sûr que ça ne va pas, mais leur optimisme, leur sérénité inébranlable m'aide à tenir le coup et à me battre. À relativiser, aussi.

Cet accueil inconditionnel, ce soutien sans faille, sans rien savoir de moi, le plus naturellement du monde, cette façon de faire bloc autour de moi alors que je ne suis rien pour eux, cela me donne une grande force de vie. Grâce à cela, grâce à tous ces moments où je me sens vivante – et pas seulement malade –, je cesse d'être passive et me lance pleinement dans le combat contre la maladie.

2.

J'apprends à apprivoiser la maison vide d'Aix. La solitude ne me fait pas peur, j'ai dû m'y habituer assez tôt, et puis mon métier requiert de déménager souvent : nous sommes habitués à changer de ville et d'entourage. Je n'ai pas besoin du quotidien pour garder le lien avec ceux que j'aime : avant les réseaux sociaux, nous nous envoyions des lettres, aujourd'hui, les moyens de communication se sont démultipliés et cela devient encore plus facile. Je n'ai aucun manque puisque j'ai des nouvelles presque tous les jours.

Au jour le jour, je me suffis à moi-même. Je ne suis jamais sentie seule, je vais lire dans les cafés, à la bibliothèque, à la salle de sport, j'écoute la radio, je couds, dessine… Tout cela m'apporte ce dont j'ai besoin en dehors de mon travail. Cette fois, évidemment, il n'est pas question d'aller tout de suite à la salle de sport, néanmoins je prends peu à peu mes marques dans ce nouvel environnement.

Suite au départ de ma mère, Alexandre a demandé à Rose, la femme qui fait le ménage chez lui, de venir un peu plus souvent. Trois fois par semaine, sa voix gaie et gouailleuse emplit la maison. « *E alora, come vai ?!* », tonne-t-elle lorsqu'elle arrive à la maison avant de me donner une bourrade qui me fait vaciller. Elle a beaucoup d'humour et n'a pas la langue dans sa poche. Sa présence installe d'emblée une atmosphère joyeuse dans la maison.

Elle vient s'asseoir avec moi dans le jardin et nous discutons. Elle est italienne et nos discussions mélangent le français et l'italien. Je suis ravie de pouvoir pratiquer un peu cette langue que j'adore. Elle fume cigarette sur cigarette et passe beaucoup de temps à discuter avec moi. J'ai toujours soupçonné Alexandre de la payer pour passer un moment avec moi davantage que pour faire le ménage ou les courses ; le temps que nous passons ensemble dépasse de loin celui passé à nettoyer la maison qui n'en a, d'ailleurs, pas tant besoin.

Elle me raconte sa vie d'immigrée italienne et je découvre que l'Europe n'est pas l'eldorado que nous nous représentons au Pérou. Quand on vient d'un pays du Tiers-Monde, on s'imagine que tous les Européens, tous les Américains ont des vies parfaites. Impossible de se représenter la pauvreté, la maladie. Et pourtant, Rose a connu son lot de malheurs. Vingt ans auparavant, elle avait eu un cancer du sein, peut-être cela a-t-il participé à nous rendre si proches.

Elle a, chez elle, un immense potager dont elle prend grand soin. Chaque semaine, elle débarque les bras chargés des légumes qu'elle fait pousser amoureusement : courgettes, tomates, abricots, aubergines, salades, petits pois, pêches, amandes… Ses paniers suffiraient largement à nourrir trois personnes comme moi.

En dehors de moi, la maison compte pour habitants deux chiens et un chat. Si ce dernier me fuit comme la peste – il ne fait que griffer mes mollets dès qu'il croise ma route –, les chiens, en revanche, se sont donné pour tâche de veiller sur moi. C'est un couple étonnamment assorti. Il y a d'abord Passie, la chienne. C'est elle qui dirige le duo. Rudy, le mâle, la suit partout, il dépend d'elle pour tout, il ne sait même pas aboyer : il produit à la place une sorte de hululement tout à fait ridicule.

Tous les matins, Passie se poste sous ma fenêtre et aboie. Elle attend que je me réveille. Elle ne s'arrête pas tant qu'elle n'est pas assurée que je suis bien debout. De mon lit, je l'entends, et finis par me lever et ouvrir la fenêtre : « Oui, oui, d'accord, je suis là, je suis réveillée. » Elle a alors un aboiement satisfait et attend que je lui ouvre la porte.

Tous deux ne quittent pas mon chevet. Tout au long la journée, ils m'accompagnent où que j'aille. Quand je suis sur le canapé, ils m'entourent, à mes pieds, chacun de part et d'autre sur le tapis, ils montent la garde et m'assurent de leur présence. Nous faisons ensemble des tours du jardin à petits pas. Je me donne parfois l'objectif de les promener au-delà, à travers la campagne. Au début, nous marchons péniblement vingt minutes, mais cela suffit à me donner de l'énergie. Il fait beau, la campagne est belle.

Le soleil est ma nourriture principale, comme les plantes, j'en ai un besoin viscéral pour me sentir forte. Mon humeur est intrinsèquement liée à la météo. J'ai grandi dans un pays où il est là 365 jours par an et sa présence m'aide à tenir. Dès que je peux, je m'installe au soleil pour lire, sous un arbre pour somnoler : la lumière dans les yeux, le vent sur mon visage, le bruit des feuilles dans les arbres, tout cela contribue à ce que je me sente vivante et j'en profite au maximum. La maison d'Alexandre s'avère un lieu parfait pour une convalescence.

Un jour, Passie est morte. C'est moi qui l'ai trouvée sur le sol, inerte. J'ai mobilisé toutes mes forces pour la hisser dans le coffre de la voiture – elle faisait son poids – et l'emmener chez le vétérinaire. Elle a alors douze ans. C'est un AVC, m'apprend le vétérinaire, elle n'y survivra pas, il faut la piquer. Au bout de quelques jours, quand il apparaît qu'il n'y a pas d'autre solution, nous nous y résignons.

Sa mort nous laisse bien seuls, Rudy et moi. Son acolyte tombe en dépression, il la cherche partout, à travers la maison, le jardin, de son aboiement ridicule. Il se laisse dépérir et ne cesse de s'enfuir à sa recherche, je le retrouve, perdu, dans la campagne, ou bien en ville et le ramène à la maison.

« Tu ne peux pas me laisser comme ça », lui répété-je. Je me suis donné pour objectif de le sortir de son désespoir. Je me mets à lui préparer des soupes au poulet, je lui donne la becquée, comme un bébé, mais rien n'y fait. J'essaie de l'emmener se promener. Allons à la pharmacie, pensé-je, 1,5 kilomètre, c'est faisable, mais il est vieux, et je suis malade. Cette petite course qui devrait nous prendre une heure aller-retour nous prend la matinée. Tantôt je le tire pour le forcer à avancer, tantôt c'est lui qui me tient debout, nous faisons des pauses tous les cinquante mètres, harassés : je nous revois, assis l'un à côté de l'autre sur le bord du chemin, à l'ombre d'un arbre, attendant que l'esprit saint ou je ne sais quoi nous apporte une aide quelconque. J'abandonne assez vite cette idée et par la suite, nous nous en tenons à nos promenades dans le jardin. En dépit de tous mes efforts, Rudy ne survivra que quelques mois à la mort de Passie. Il ne reste que Rose, le chat et moi, mais les chiens m'ont aidée à passer la période la plus compliquée.

Ces visites, ces présences, sont autant de petites touches de joie qui s'instillent dans mon quotidien et auxquelles j'apprends à m'attacher pour ne pas perdre à nouveau pied. Je sais désormais mieux repérer les moments où je suis plus en forme, ceux où je peux reprendre une activité normale.

Un jour, après que je me suis plainte de ne pas avoir de machine à coudre dans la maison, Rose arrive avec un lot de pelotes de laine. « J'ai trouvé ça au marché, ce n'était pas cher, ça te plaît ? »

J'adore tricoter. Dès le lendemain, je vais en ville pour acheter des aiguilles et je me mets à l'ouvrage. Mais ce n'est pas facile : à cause de la chimio, mes mains sont pleines d'ampoules. Entre deux prises, remarqué-je, j'ai un peu de répit, les ampoules disparaissent, j'en profite alors pour reprendre mon ouvrage.

Je me fais petit à petit à ce rythme. Je remarque ainsi que j'ai le plus souvent un pic d'énergie au milieu de l'après-midi entre 16 heures et 19 heures, même dans les périodes où les effets secondaires me laissent sur le carreau. Cela me laisse trois heures. Trois heures pendant lesquelles je peux me concentrer sur autre chose que la maladie : travailler mes cours, faires quelques courses, lancer des petits travaux dans la maison, ou, si je suis trop faible, tout simplement sortir dans le jardin.

J'apprends aussi à respecter les moments où je ne suis capable de rien, trop sonnée par la maladie. Ma tête, peu à peu, fait la paix avec mon corps. J'accepte enfin que ce partenariat fonctionne aussi dans la déroute. Je lâche un peu prise, m'autorise des plages de rien, juste du repos.

« Ne perds pas ton temps parce qu'il ne revient pas ! » Cette phrase, mon père nous la répétait inlassablement. Elle s'accompagnait d'un lot d'injonctions qui nous étaient assénées dès notre plus jeune âge. « Ne soyez pas feignants, travaillez beaucoup, ne perdez pas votre temps à faire des choses inutiles… ». J'ai grandi dans l'idée que chaque minute de ma journée doit être productive, utile. J'ai consciencieusement appliqué cette maxime tout au long de ma vie. Pas une seconde de mon temps n'est gaspillée : mes horaires de travail sont extensibles et mon temps libre est occupé à faire du sport ou réviser. La seule distraction que je m'autorise est de voir mes amis, dîner au restaurant ou aller dans les bars avec eux. Traîner le nez au vent, très peu pour moi.

Seulement il se trouve que je n'en ai pas le choix. Mon corps me l'a assez montré. L'énergie qui me reste doit être mise au service de ma survie. Le partenariat qui lie mon corps à mon esprit a changé de nature. « Tu te retapes, tu te reposes, moi je me charge de nous sortir de là » : c'est en substance ce dont mon esprit a accepté de convenir.

Il m'arrive donc désormais de ne rien faire sans (presque) culpabiliser. D'autant que j'ai fait, après ma néphrectomie, une découverte qui sera déterminante dans l'avènement de cette nouvelle ère : la télévision française.

Aussi loin que je me souvienne, j'ai toujours considéré la télévision comme le diable incarné, la pire des choses à faire. « Regardez bien les enfants, c'est le bouton qui sauve ! » nous répétait mon père en désignant le bouton « *off* » de la télécommande. Petits, nous y avions rarement droit, il était admis que c'était un symbole de fainéantise, et même d'abêtissement fini.

Ma propre expérience, dans tous les pays où j'ai vécu, n'a fait que me conforter dans cette idée. Aux États-Unis, à part quelques chaînes triées sur le volet, le niveau des émissions est désespérant, au Pérou, en Espagne, en Italie, en Angleterre, en Suisse, peu importe la chaîne, dès qu'on l'allume, on tombe sur une émission affligeante, la télé-poubelle porte particulièrement bien son nom à peu près partout dans le monde. J'ai pris l'habitude de vivre sans. Chez moi, je la regarde pour les informations du jour, et encore, je préfère mille fois lire le journal ou écouter la radio.

Pendant ce premier séjour à l'hôpital, cependant, le livre que j'ai pris soin d'apporter avec moi ne suffit pas à occuper le temps, la fatigue m'empêche de me concentrer, j'ai besoin d'un bruit de fond, d'être distraite sans mobiliser trop d'attention. Alors je déroge au sacro-saint commandement paternel et appuie sur le bouton « *on* » de la télécommande.

Et là, avec seulement cinq chaînes à ma disposition, je réalise – ô surprise – que la télévision française est formidable. Entendons-nous bien, j'ai parfaitement conscience qu'elle comporte, comme partout dans le monde, son lot d'émissions au ras des pâquerettes, de vulgarité et de bêtise. Mais elle est aussi instructive, drôle et intelligente. Rapidement, je deviens accro à Arte et France 5. Tous ces documentaires, me dis-je, c'est merveilleux, toutes ces choses à apprendre, histoire, sciences, géographie, géopolitique, les possibilités sont infinies – j'ai même appris des choses sur mon pays – c'est une encyclopédie ouverte et gratuite.

Et tout ça, en ayant la possibilité de rester allongée sur un canapé. Je me retiens d'envoyer des SMS par dizaines à mon père : « Papa, je regarde la télé et je ne deviens pas bête ! »

Alors qu'Alexandre et ses frères et sœurs se moquent allègrement de leur mère qui regarde chaque jour, à la même heure, le même feuilleton pendant lequel on est prié de ne pas la déranger, je n'ose avouer que moi aussi, j'ai mes habitudes. Moi aussi, je vois arriver 11 heures ou 18 heures avec joie, *tiens, ma petite émission commence*, et j'espère, au fond de moi, que personne ne viendra troubler cette quiétude.

Et puisque nous en sommes aux confessions, autant dévoiler ici mon petit plaisir coupable. Quel que soit le stade de la chimio, le degré de fatigue, la fréquence des nausées, je ne raterais pour rien au monde un épisode des *Enquêtes impossibles* de Pierre Bellemare. Cela suscite l'hilarité d'Alexandre lorsqu'il s'en rend compte. « Je ne savais même pas qu'il était encore vivant ! », se moque-t-il allègrement.

Il est donc possible de ne rien faire. Je m'accorde ce luxe inouï, moi qui n'ai jamais laissé quinze minutes de mes journées au hasard dans toute ma vie. Mon esprit lâche la bride, il laisse mon corps passer une journée entière sur le canapé. Le plaisir que j'éprouve à regarder ces documentaires, ces émissions, rejoint celui que j'avais, élève ou étudiante à apprendre de nouvelles choses, ouvrir et cultiver mon esprit et qui m'a, au fond, toujours animé. Si je me livre à cette ode un peu incongrue à la télévision française, c'est que c'est tout de même en grande partie grâce à elle que mon esprit a accepté de lâcher prise.

Avec Alexandre aussi, nous prenons peu à peu notre rythme. Même si je reste persuadée que la situation est provisoire et que le moment viendra où je retournerai travailler à Genève. D'ailleurs, ma mère a trouvé un appartement, très joli, très agréable, dans un quartier que j'aime bien. Malgré cela, je goûte le plaisir de ces retrouvailles, la relation s'installe assez naturellement et une forme de routine s'instaure dans ce nouveau quotidien.

Le placard à moitié vide accueille désormais une robe. L'un des amis d'Alexandre a un restaurant pas très loin de la maison. Quand je suis suffisamment en forme, il m'emmène y dîner. « Ne t'inquiète pas, tu peux être simple », me dit-il lorsque je lui demande quel genre de tenue serait la plus appropriée.

Simple. Le restaurant a une étoile au guide Michelin. Je profite d'une journée d'accalmie dans la chimio pour aller faire des courses en ville. J'ai trouvé une petite robe noire très jolie, très simple, mais suffisamment chic pour un restaurant étoilé et une paire de talons qui me semblent ridiculement petits au vu de ceux que je porte habituellement.

Malheureusement, il n'est pour l'instant plus question de talons de douze centimètres pour les grandes sorties.

Alexandre fait tout ce qu'il peut pour me changer les idées. Pour que, malgré tout, nous ayons une vie la plus normale possible. De mon côté, je fais de mon mieux pour passer mes souffrances sous silence et me montrer sous un jour positif. Lorsqu'il se met en tête de m'emmener faire du vélo tous les samedis matin, je ne proteste pas.

Il fait du vélo depuis longtemps et suit, chaque semaine un parcours de quatre heures. Il n'y déroge jamais. Un week-end, lorsque je suis à nouveau capable de me déplacer plus facilement, il revient à la maison avec un magnifique vélo tout neuf.

J'ouvre des yeux émerveillés. Le vélo est un sport très populaire au Pérou. Mon frère avait commencé très jeune, il avait obtenu de mon père un vélo de course d'occasion. Avec ses amis, ils assistaient à toutes les courses internationales qui passaient à Cuzco, la Cordillères des Andes est un beau terrain de jeu pour les cyclistes. Ils admiraient les vélos rutilants et hors de prix des coureurs européens, en profitaient pour récupérer les accessoires que les cyclistes voulaient bien leur donner. Les chambres à air abîmées faisaient leur joie – comble du luxe, elles n'avaient généralement qu'un seul trou, alors que les leurs en étaient constellées – et ils mettaient toute leur ardeur à les réparer pour les réutiliser.

C'est le plus beau vélo qu'il m'ait été donné de recevoir. Je suis très au fait des marques de vélo, et surtout de leur valeur. Jamais, dans notre jeunesse, nous n'aurions pu en avoir un pareil. Là, Alexandre m'offre en plus toute la panoplie qui va avec : la tenue, le casque et les chaussures qui s'accrochent aux pédales. Pour la première fois de ma vie, j'ai un vélo à moi, un vélo de course tout neuf.

« Puisque tu aimes le vélo, la semaine prochaine, tu viens avec moi. » Tous les samedis matin, Alexandre me tire du lit, prépare mes affaires et entame sa séance de motivation : « Allez, on y va, tu verras, ça va te faire du bien. »

Il a manqué sa vocation profonde, je suis persuadée qu'il aurait dû être entraîneur sportif. Il a une patience infinie, m'encourage mètre après mètre, ne cède pas d'un pouce sur la distance prévue.

Derrière lui, peinant sur mes pédales, le vélo réglé sur la plus petite vitesse, je peste. J'ai envie de lui hurler dessus, « tu ne peux pas m'emmener sur des chemins plats ? ! », mais je ne dis rien et m'attelle à ne pas poser le pied par terre.

Il me fait découvrir un concept dont je n'avais encore jamais entendu parler : les faux plats. « Il n'y a pas de montées sur ce chemin, que des faux plats », me répète-t-il, ne déviant de son chemin pour rien au monde.

Le parcours que nous faisons chaque samedi comporte une montée – un faux plat – extrêmement long. Je le redoute chaque fois que nous l'abordons, il me semble toujours ne jamais en voir le bout. Mon allure est tellement lente que le vélo manque de perdre l'équilibre, mais je ne pose pas le pied par terre, je vais au bout. Malgré mon nez qui saigne abondamment et mes ampoules aux pieds. Quand il sent que je vacille, il se met près de moi et m'encourage. « Allez, tu vas y arriver, on va au bout, je reste derrière toi et on va à ton allure. »

Il me dit souvent qu'il a toujours admiré ma ténacité pendant ces sorties. Pourtant, dans ma tête, il m'arrive de le maudire ardemment. Ses encouragements, sa rigueur me paraissent l'œuvre d'un tyran sans cœur que rien n'arrête. *Mais tu ne vois pas que je n'y arrive pas ? Tu ne comprends pas que je suis malade ?* pensé-je au-dedans de moi. Mais je ne dis rien. Je ne veux pas qu'il m'entende me plaindre, je suis déjà une charge suffisante pour lui. Je ne vais pas en plus lui faire porter ma souffrance.

Alors vaillamment, j'essaie de tenir les 25 petits kilomètres. Souvent, il faut s'arrêter pour changer les mouchoirs imbibés de sang que j'ai coincé dans mon nez pour stopper les hémorragies. Tout de suite après m'avoir aidée, il m'engage à repartir, à remonter sur le vélo et finir le tour, il me coache tout du long. À chaque coup de pédale, je me répète, *ok, on y va, on peut le faire*. Lorsque j'ai envie de descendre et de balancer mon vélo par terre de rage et de douleur (ce qui arrive assez souvent), j'essaie de me distraire avec le paysage : les tournesols, la lavande, la montagne Sainte Victoire au loin, c'est magnifique. Et puis je sais qu'après ce faux plat viendra la descente, réconfort chèrement payé. La joie pure du vent dans le visage, la vie qui revient, mètre après mètre, alors je lève les bras en l'air en signe de victoire et hurle ma joie à la cantonade.

Le parcours est à l'image de mon quotidien en réalité : des montées et des descentes. Un dicton péruvien dit *no hay mal que dure mil años, ni cuerpo que lo resista* : il n'y a pas de mal qui dure mille ans ni de corps qui puisse y résister ; il y a toujours une issue à la souffrance. Ces sorties à vélo me le rappellent à chaque fois. Parfois, entre deux prises de chimio, j'aborde la distance plus facilement, je demande à faire plus. On profite de ces moments pour augmenter progressivement la distance.

Ces 25 kilomètres péniblement atteints, il me dépose et part continuer son parcours. En arrivant, je saigne encore plus abondamment qu'avant, j'ai les cuisses en feu et mal partout, mais je me sens vivante. Lorsque je plonge dans la piscine, je me fais l'effet d'un beignet dans une poêle à frire. C'est aussi pour ça que je ne bronche pas lorsque vient l'heure du vélo. Au fond, je sais qu'après, je me sentirai plus forte et plus vivante que jamais.

Dans mon esprit, je ne sais pas très bien où nous en sommes, je pense encore que tout cela est provisoire, je continue de me dire qu'il ne va pas rester, pas dans cette situation, ça n'est pas possible. Et pourtant, semaine après semaine, son soutien ne faiblit pas. Il est là, à mes côtés, fait l'infirmier lorsqu'il le faut, me lave les cheveux quand la capsulite m'empêche de lever les bras, me force à sortir quand je le peux… Il est là, et il n'a pas l'air de penser à partir.

« Si tu perds tes cheveux, je me rase la tête ! me lance-t-il un jour où j'évoque cette possibilité et l'appréhension qu'elle génère en moi.

Je reste bouche bée. En 2012, Alexandre est encore un homme politique. Il a toujours des mandats, c'est d'ailleurs pour cela qu'il rentre tous les week-ends de Paris, où il travaille. Aix est sa vraie demeure, il y est encore élu. Il a des obligations, nombreuses, des discours, des inaugurations, des réunions, des apparitions officielles, en public…

— Mais… Tu vas y aller chauve ? »

Je n'ai pas perdu mes cheveux – la chimiothérapie que je prends a de nombreux effets secondaires et je n'ai échappé à aucun, sauf celui-là – mais cette promesse d'Alexandre est sans doute l'une de celles qui m'a le plus touchée. Je sais ce qu'elle implique pour sa vie publique.

Il a ses techniques pour me redonner espoir, me ramener à la vie. Il fait des plans. Le week-end prochain, nous irons dîner chez untel, tu vas mieux en ce moment, je t'accompagnerai à ta prochaine session de MBA à Londres… Il me donne des objectifs, des sursis d'une semaine, de deux ou de plusieurs mois. D'ailleurs, juste avant mon prochain séjour à l'hôpital au mois d'avril, il a une proposition à me faire : pour les vacances d'été, au mois d'août, il a prévu un grand voyage aux États-Unis.

3.

Au début du mois d'août, comme prévu, nous nous envolons pour les États-Unis. À notre arrivée à San Diego, nous louons une voiture. C'est parti pour un road-trip qui doit nous conduire jusqu'à Vancouver, au Canada. Un mois pour arpenter la côte Pacifique des États-Unis du sud au nord. J'ai toujours rêvé de suivre la PCH, cette route mythique qu'est la *Pacific Coast Highway*.

Je suis dans le dur de la chimiothérapie. Cela fait six mois qu'elle a commencé et peu d'effets secondaires me sont épargnés : nausées, cloques aux mains et aux pieds, hémorragies… Je n'ai cessé, tout le mois de juin, de faire des allers-retours à l'hôpital pour mon rein : infections urinaires, remplacement de la sonde, calculs… Je suis l'ombre de moi-même. J'ai pris soin d'emporter avec moi tous mes médicaments, j'ai fait des stocks de cotons et de compresses pour contenir mes hémorragies fréquentes, je suis parée. Les médecins nous ont laissé partir, ils n'y voient pas d'objections, la chimiothérapie est orale, il me suffit d'avoir les cachets avec moi. Nous partons l'esprit tranquille.

Las Vegas est l'une de nos premières étapes. Mon père nous y retrouve pour passer quelques jours avec nous. Alexandre a réservé pour lui des places pour le spectacle de la troupe des Folies Bergères qui tient un show cet été-là. Il a pris de très bonnes places, nous sommes au premier rang. Tellement près que je peux sentir l'air des plumes des danseuses sur mon visage. Je sais que rien ne pourrait lui faire plus plaisir. Malgré ses 80 ans, mon père reste le *latin lover* qu'il a toujours été. Lorsque j'étais plus jeune, il ne pouvait pas s'empêcher de me faire part de ses conquêtes, je détestais cela, je ne voulais rien savoir, mais peu lui importait, j'avais droit au récit détaillé de chacune de ses rencontres.

Il ne court plus les filles comme auparavant, mais il saura apprécier l'attention, je n'en doute pas.

Quand le spectacle commence, je vois ses yeux s'allumer de la petite lueur que je lui connais. Il est aux anges, ne sais pas où donner de la tête, hypnotisé par les frou-frous et les arabesques des danseuses. De mon côté, je me bats contre la fatigue et pique du nez. Les danseuses ne m'en voudront pas, me dis-je, et je me laisse aller à dormir franchement. Mon père s'en aperçoit et me donne des petits coups de coude pour que je ne manque pas une minute du spectacle.

Tout ce que je demande, de mon côté, c'est de rester tranquille, somnoler un peu en attendant de pouvoir regagner ma chambre et enfin commencer ma nuit. « C'est gentil de t'occuper de moi papa, mais tu sais, c'est pour toi qu'on a réservé ce spectacle, pas pour moi… »

De tout le voyage, c'est sans doute le soir où je me suis couchée le plus tard. Habituellement, à chacune de nos étapes, je sombre à peine le check-in fait, à 18 ou 19 heures, pour ne me réveiller que le lendemain matin. Alexandre dîne seul, puis, assis à mes côtés dans notre chambre d'hôtel, il relate jour après jour notre périple, trie les photos, fait les comptes rendus du jour et les publie sur un blog pour que nos proches puissent nous suivre.

Quelques jours après Las Vegas, nous faisons escale à Fresno pour trois jours. Toute ma famille y est installée désormais, c'est l'occasion pour Alexandre de tous les rencontrer. Maman Nora, ses enfants, mon père, sa femme et ma petite sœur Urpi, tous vivent dans le même quartier. Leurs maisons ne sont pas mitoyennes, mais c'est tout comme. C'est comme une grande communauté.

C'est la seule fois où ils m'ont vue malade. Eux vivent en vase clos, je les vois très peu. Mais je n'ai pas peur que le lien se rompe parce qu'il est très fort. Je n'ai pas besoin des déjeuners du dimanche, des Noëls, des repas de Pâques pour sentir le lien avec ma famille. Ma mère est partie quand j'étais adolescente, mon père n'était pas présent dans nos vies au quotidien, que pour les grandes décisions et événements majeurs, et je n'avais pas vingt ans quand la famille de maman Nora a commencé à émigrer aux États-Unis.

J'ai pris l'habitude de vivre sans eux, d'avoir peu de nouvelles, de ne pas être en contact constant ; cela peut sembler invraisemblable à l'ère des réseaux sociaux, mais à l'époque, en dehors du courrier, il n'y avait pas tellement d'options, le téléphone était hors de prix, c'était très compliqué d'appeler le Pérou ou les États-Unis depuis l'Europe, et internet en était à ses balbutiements. On s'est habitués, voilà tout. Quand on est ensemble, on est très collés, très heureux d'être ensemble, mais je n'en ai pas besoin dans ma vie de tous les jours.

Pour Alexandre, qui est très proche de sa famille, c'est très étrange, il a du mal à comprendre cette distance. Il nous trouve un peu bizarres.

Après cette halte à Fresno, nous reprenons le cours de notre voyage vers le nord. Une fois n'est pas coutume, Alexandre est au volant tout au long de notre périple. En temps normal, je suis le chauffeur de la famille. J'adore conduire ; depuis l'achat de ma première voiture, c'est pour moi un outil d'autonomie et de liberté. Et puis je connais bien les grandes autoroutes américaines en ligne droite. Alexandre déteste ça. À la rigueur, les petites routes de campagne françaises ou italiennes, il accepte, mais le prochain virage à 400 kilomètres, très peu pour lui. Il redoute ces trajets longs et monotones qui l'endorment.

Mais je ne suis pas en état, alors c'est lui qui conduit de San Diego à Vancouver. Je ne peux même pas vanter les mérites de mon travail de copilote, je fais un piètre passager, m'endormant sur le siège dès les dix premiers kilomètres. Je dors à peu près 18 heures par jour, je tiens le coup pour les visites, mais le reste du temps, je sombre. À l'hôtel, dans la voiture, partout où ça m'est possible, je dors.

Seule exception notable à cette routine vers la fin du voyage : le trajet de Portland, en Oregon, à Seattle. Ce jour-là, nous embarquons sur un bateau pour aller voir la migration des baleines. C'est la pleine saison. Le temps est exécrable, il pleut, le brouillard est tel qu'on ne voit pas à trois mètres devant et le vent souffle abondamment. Le bateau tangue, la houle est forte, à son tour Alexandre est pris de nausées. Je prends le relais pour faire la route jusqu'à Seattle et c'est à lui de se reposer. Trois heures sur près de 5 000 kilomètres, je peux bien faire cela pour lui.

Pour l'un comme pour l'autre, ce voyage est un souvenir fondateur. Douze ans ont passé, nous avons fait beaucoup d'autres voyages depuis, mais ce road-trip garde une saveur particulière. J'étais au cœur de ma maladie, nous ne savions pas de quoi le lendemain serait fait et j'ai passé plus de la moitié du temps à dormir… Et malgré ce contexte particulier, ou peut-être grâce à lui, c'est resté dans nos esprits un voyage extraordinaire, sans doute l'un des plus beaux de notre vie.

Au-delà du contexte particulier de la maladie, il me semble aussi que ce voyage scelle, d'une certaine manière, notre couple. C'est arrivé progressivement au cours des derniers mois : à coups d'achat de petite robe chic, de mes affaires rapportées une à une par ma mère au fil de ses visites à Aix, de rencontres avec nos familles respectives, de sorties à vélo laborieuses, de lavages de cheveux… Mais nous sommes devenus un couple.

La perspective qu'Alexandre me quitte s'est peu à peu éloignée, ce n'est plus l'évidence que c'était pour moi au début. En fait, je n'y pense plus. Ça s'est installé, c'est tout. À notre retour, en septembre 2012, cela fait déjà cinq mois que je verse un loyer pour cet appartement que ma mère a trouvé à Genève.

Le docteur B. a laissé entendre que si je voulais travailler, un mi-temps était envisageable. Ce qu'elle m'a dit, en réalité, c'est que le mi-temps thérapeutique pouvait être une option, dans certains cas, pour les personnes atteintes de cancer. J'entends de mon côté, que je peux travailler à mi-temps.

Je me lance dans des négociations avec mon boulot pour tenter de trouver une solution. Évidemment, ma cheffe n'ayant de cesse de me mettre des bâtons dans les roues, les discussions n'avancent pas d'un iota.

Et puis, je suis obligée de reconnaître que ça n'est pas si simple. Les allers-retours à l'hôpital font encore partie de mon quotidien : contrôles mensuels de l'avancée la chimio, interventions récurrentes pour les infections urinaires, les calculs et la sonde liées à mon syndrome de la jonction… Il est évident que je ne peux pas quitter Aix si facilement. Or, si je veux reprendre mon job, il me faut retourner à Genève. S'ensuit une période d'intenses questionnements. Au fond, j'ai envie de travailler, j'espère pouvoir revenir à Genève, mais je me rends bien compte que ça n'est pas si simple : est-ce que ça vaut vraiment le coup de continuer à payer cet appartement ? J'en parle à Alexandre et pendant deux, trois mois, le sujet revient sur la table régulièrement. À chaque fois, il m'assure de son soutien, « rétablis-toi et on verra », répète-t-il inlassablement. Je repousse chaque fois la décision à plus tard, qui sait, le mois suivant, je serai peut-être bien plus en forme.

Un jour, alors que je me plains à nouveau de ma cheffe et relance le débat – Genève ou pas Genève ? –, il n'y tient plus. Cela fait maintenant huit mois que je paie l'appartement, dix que je suis en chimio, la situation n'a guère évolué : je supporte toujours les mêmes effets secondaires et ma fatigue est telle qu'il est évident pour tout le monde que je ne suis pas en état de prendre un boulot, même à mi-temps.

« On s'en fout de ton boulot, lâche-t-il.

Je reste muette.

— Tu ne vas pas retourner travailler à Genève avec cette pétasse, c'est une blague. On s'en fout de ton boulot. Mobilise toute ton énergie à survivre. »

C'est une petite déflagration. Il aura fallu tout ce temps pour que je comprenne que mettre mon énergie à guérir était en soi un projet, que le mois suivant, tout n'aurait pas disparu comme par enchantement ; s'il fallait une preuve, depuis dix mois que je suis en chimio, il n'a pas été une seule fois question d'arrêter les traitements.

Je réalise alors que je n'ai plus tellement le choix. Il me faut accepter la situation, accepter Aix et vivre au présent. Je repense à ce dicton de mon amie russe : « rien n'est plus éternel que le provisoire » et je décide de rendre l'appartement.

Nous partons à Genève peu de temps après avec Alexandre pour récupérer mes dernières affaires et ma voiture. C'est le plein hiver, la neige a envahi la ville et ma voiture, qui n'a pas servi depuis un an, est ensevelie sous une couche épaisse, elle est rouillée et refuse catégoriquement de démarrer. Nous la chargeons des quelques affaires que j'emporte – j'ai laissé tous mes meubles à l'agence de location en échange du préavis –, et rentrons à Aix.

Après notre retour, je prends Rose avec moi et nous entreprenons de ranger le placard. L'ex-femme d'Alexandre y a gardé des vêtements, jusque-là, je n'ai pas osé y toucher, j'avais besoin de très peu de place, ça n'était pas nécessaire. Puisqu'il est évident que je vais rester à Aix pour de bon, ou du moins, pour un moment, je n'ai pas l'impression de me livrer à une trahison. D'autant que le divorce a maintenant près de deux ans. Nous trions, plions soigneusement les vêtements et les entreposons à la cave dans des sacs hermétiques.

Onze ans après mon départ, ma fuite devrais-je dire, me voilà donc de retour à Aix, où jamais, ô grand jamais, je n'aurais imaginé revenir un jour autrement que pour un week-end. C'est comme si Dieu me ramenait là de force ; j'ai contrarié ses plans, son travail de grand ordonnateur de nos vies d'humains et il est fâché : « Je t'avais dit Aix ! ! ! », l'entends-je tonner au fond de moi. Je me rends, ça sera donc Aix.

Près d'un an. Il m'aura fallu près d'un an pour accepter ma condition de malade : les contraintes du cancer, les risques pour mon deuxième rein, les exigences médicales, le temps et l'énergie que mobilise la guérison.

Cette fois j'ai compris et j'apprends à vivre vraiment avec la maladie. Je me suis faite au rythme de la chimiothérapie. Après la prise, il faut plusieurs jours pour que le corps réagisse et là, je suis K.O., assaillie de nausées, des aphtes pleins la bouche, les mains et les pieds ravagés de cloques, il m'est impossible de poser le pied par terre, des hémorragies dans tous les sens qui surgissent à n'importe quel moment. Dans ces moments-là, les sorties vélos ne dépassent pas une petite demi-heure, les dîners en ville se transforment en plateaux-télé en amoureux, d'ailleurs, Arte et le canapé reprennent leurs droits ; ma tête a cessé de se bagarrer : c'est acquis, je ne suis pas feignante, je prends des forces pour guérir. Cela dure une dizaine de jours. Et puis, les effets s'estompent, les cloques diminuent, l'énergie revient. Ça me laisse une dizaine jours, jusqu'aux effets de la prise suivante.

Ces dix jours-là, je saute partout, je me lance dans des travaux de bricolage, j'entreprends de réorganiser le garage, je travaille assidûment mes cours et pédale avec ardeur. Ce sont ceux que l'on choisit pour partir en week-end, ceux, surtout où je participe aux sessions du MBA. Parfois, il arrive que tout ne se passe pas tout à fait comme prévu.

Une des sessions doit avoir lieu à Rio et San Paolo. C'est parfait me dis-je, normalement, à ce moment-là, je devrais être en forme, et puis j'en profiterai pour rendre visite à l'un de mes cousins qui vit à San Paolo avec sa famille. La première partie du voyage, à l'université de Rio se passe normalement, je suis les cours, partage la vie de la petite communauté, même si je me couche avant tout le monde.

À l'arrivée à San Paolo, toutefois, ça se corse. Dès le premier cours, je suis prise de vertiges. Je retourne dans ma chambre. Mes camarades, les professeurs ont l'habitude de me voir disparaître soudainement, il arrive souvent que j'ai des malaises, ça ne dure pas forcément très longtemps.

Une fois dans ma chambre, ça va de mal en pis. Je finis par m'évanouir dans la salle de bains, effondrée sur le carrelage de la douche, comme un souvenir de la néphrectomie. Mes professeurs sont prévenus, mon cousin vient me chercher. Il m'installe chez lui dans une chambre, et je dors trois jours d'affilée. Le mercredi soir, lorsqu'enfin j'ouvre un œil, je vois ses enfants penchés sur moi. Ils sont encore petits et se sont relayés, trois jours durant, un peu interloqués par cette tante endormie, pour monter la garde.

Je me fais à ces chutes brutales, ces effets secondaires imprévisibles. Mon quotidien est rythmé par la maladie. Je fais avec. Je me mets en tête de recommencer à conduire. Je me souviens qu'une de mes amies, aux États-Unis, conduisait avec ses genoux pour pouvoir manger son hamburger et tenir son coca tout en roulant. Si elle y arrivait, je peux bien conduire malgré mes mains et mes pieds pleins de cloques. Je prends des gants pour atténuer le contact du volant sur mes mains et utilise mes genoux lorsque c'est nécessaire. C'est une réussite. Je peux aller à mes rendez-vous, à mes contrôles toute seule. Même si Jean-Louis, le père d'Alexandre, m'accompagne très souvent chez le docteur B., je ne suis pas obligée de faire appel à lui aussi souvent. Une part d'autonomie retrouvée.

Mes semaines sont cadencées par les rendez-vous médicaux : consultations de contrôles pour le cancer, consultations chez le néphrologue pour le rein, IRM, scanners, prises de sang… C'est un emploi du temps chargé. Je chéris mes rendez-vous chez ma cancérologue, j'en ressors toujours avec une grande dose d'espoir. Elle garde toujours ce ton bienveillant et ce regard positif. Je commence aussi à comprendre ce que le mot « patient » renferme ; je sais désormais qu'on peut avoir rendez-vous à 9 heures le matin pour un IRM et n'en ressortir qu'à 14 heures. Pour chaque examen, chaque rendez-vous, je prévois désormais un livre et un sandwich.

Lors d'un de ces contrôles, l'IRM montre que des lésions sont apparues dans mon foie. Des métastases probablement.

J'ai beau savoir que cela fait partie des risques : le docteur B. avait bien parlé de la forte probabilité à voir des métastases se développer, la nouvelle est un peu dure à encaisser. Cela fait à peu près quatre mois que la chimiothérapie a commencé, il faut continuer. Une fois de plus, le docteur B. se veut rassurante, c'est précisément ce à quoi sert la chimiothérapie, prévenir ou résorber les métastases, elle est confiante sur l'issue du traitement à terme.

De mon côté, je suis aveuglément ses prescriptions, on prolongera le traitement autant qu'il le faudra puisque c'est la condition de ma survie. J'ai de plus en plus de difficultés à supporter les effets secondaires. Rares ou non, on dirait qu'aucun ne me sera épargné, s'il suffit d'1 % des cas, il semble que je fais systématiquement partie de ce petit nombre d'élus, mais je ne m'étends pas sur le sujet auprès du docteur B. « Il y a des effets secondaires gérables », m'avait-elle dit au premier rendez-vous. Puisque c'est gérable, je gère, je me dis que cela rentre dans le processus normal et je tiens comme je peux.

Malgré tout, je cherche des solutions. Un week-end où nous sommes à Londres avec Alexandre pour mon MBA, je me souviens d'une femme que je consultais lorsque j'y habitais. Elle pratiquait l'acupuncture et la médecine chinoise. Je décide de tenter le coup et d'aller la voir. L'acupuncture est une bonne option pour aider à surmonter la fatigue, elle aura peut-être une solution pour mes mains ou mes pieds.

Alexandre est sceptique, mais je l'entraîne avec moi dans le quartier chinois de Londres. Je retrouve la petite boutique pleine à craquer de bric et de broc, de fioles, pots de crème et autres remèdes en tous genres. « Je n'ai jamais vu ça », lance-t-elle alors que je lui montre mes pieds et mes mains. Je peux à peine marcher. Elle me fait une séance d'acupuncture et se met en quête de quelque chose qui pourrait me soigner. Elle fouille dans son invraisemblable capharnaüm et en ressort avec un cataplasme à appliquer la nuit.

Il se dégage du produit une abominable odeur de canard laqué. Lorsque, conformément à ses instructions, je l'applique le soir avant de me coucher, l'odeur emplit toute la chambre d'hôtel, c'est presque insupportable. J'enfile par-dessus plusieurs paires de chaussettes pour protéger les draps. Ça permet en effet d'éviter que la crème ne les salisse, mais, malheureusement, ça n'a que peu d'effet contre l'odeur. Draps, serviettes… tout est imprégné. Je tiens bon malgré tout, la douleur est telle que ça vaut le coup d'essayer. Nous nous endormons entre deux fous rires. Au réveil, c'est presque magique. Les cloques ont pratiquement disparu, je peux poser le pied et marcher sans presque avoir mal.

Illico, je file dans la petite boutique du quartier chinois lui prendre un stock entier de ce cataplasme miraculeux. Des mois durant, nos draps, nos serviettes, toute notre chambre, en fait, ont senti cette épouvantable odeur de canard laqué. Je ne sais pas si nos proches sont restés polis ou si mes efforts pour la cacher ont payé, mais personne ne nous en a fait reproche.

Au rendez-vous suivant avec ma cancérologue, je sors fièrement de mon sac les patchs extraordinaires et entreprends de lui vanter les mérites de cette solution pour limiter ces effets de la chimio. Il faut absolument qu'elle en parle à ses autres patients, ça pourrait les aider !

Le moins que l'on puisse dire est qu'elle accueille cette nouvelle avec froideur. C'est la première fois que je fais face au scepticisme des médecins français à l'égard de tout ce qui sort un tout petit peu des traitements purement médicaux. « Écoutez, je vous laisse une boîte, si un de vos patients a les mêmes symptômes que moi, ça peut l'aider ! »

La même scène, peu ou prou, se reproduit avec mon néphrologue peu de temps après. Pour mon rein, il m'a prescrit des statines afin de réguler mon taux de cholestérol. Au bout d'un mois de prise, je n'ai qu'une envie, c'est de tout arrêter. Les statines provoquent des nausées atroces et me font vomir tous les jours. Au fil d'une conversation avec ma tante, restée à Cuzco, elle m'explique que mon oncle parvient à garder un taux de cholestérol extrêmement bas en mâchant tous les jours du *sacha inchi*, une plante cultivée par les Incas et réputée, déjà, pour ses vertus thérapeutiques.

Grâce à mon frère, je parviens à m'en procurer sous forme d'ampoules à boire. J'arrête les statines et leur substitue le concentré de *sacha inchi*. Un mois plus tard, je retourne chez le néphrologue munie de mes dernières analyses.

« Les statines marchent bien, vous avez très peu de cholestérol, se félicite-t-il.

— Ça fait trois semaines que j'ai arrêté les statines, répliqué-je.

Devant son air perplexe, je me lance dans l'explication de ma soudaine baisse de cholestérol.

— Impossible, me répond-il. C'est n'importe quoi cette histoire ! »

Dans son esprit très cartésien, il était inenvisageable qu'une plante inca puisse avoir un quelconque effet physiologique tangible. S'ils ont la plupart du temps raison, et si, bien sûr, rien ne saurait se substituer à une chimiothérapie, une radiothérapie ou des antibiotiques, sur certains effets secondaires, comme les nausées ou la fatigue, ces thérapies complémentaires peuvent contribuer à atténuer, et même parfois à faire disparaître les symptômes.

Je lui propose de tester encore un mois, voir si l'effet se confirme, ce dont il convient. Lorsque je reviens le voir, le mois suivant, avec un cholestérol à son plus bas niveau il hausse les épaules. « Si ça vous fait du bien », concède-t-il.

Bien sûr, je fais scrupuleusement mes analyses en temps et en heure, et si l'un des indicateurs venait à évoluer, je reprendrai illico le traitement prescrit. Je ne suis pas dans une logique de refus de soins, loin de là. Je respecte à la lettre toutes les prescriptions qui me sont faites, quelle que soit leur dureté : s'il faut ça pour me soigner, c'est-à-dire pour vivre, je le fais. Je ne me pose aucune question à ce sujet.

Mais j'ai aussi grandi avec ces pratiques ancestrales qui ont fait leurs preuves sur des aspects bien précis. C'est dans ma culture et cela fait partie de mes réflexes lorsque je suis malade. Nous étions tous soignés avec des recettes de grand-mère, en vérité des recettes millénaires héritées des Incas dont certaines, en effet, suffisaient à guérir nos maux du quotidien. La médecine occidentale a longtemps été totalement sourde à ces voies complémentaires aux traitements. Pourtant l'activité physique, par exemple, a des effets bénéfiques avérés sur certains effets secondaires et sur la prévention de la récidive, et la psychothérapie aide les patients à gérer leur anxiété ou leur dépression et participe à la guérison.

Si je mesure la chance qui a été la mienne de tomber sur des praticiens excellents dans leur domaine, des professionnels exceptionnels, aucun d'entre eux ne s'est sérieusement penché sur les symptômes des effets secondaires de mes traitements et la manière de les atténuer. Aujourd'hui, les soins de supports sont répandus, les centres de cancérologie proposent des prises en charges plus globales que ça n'était le cas à l'époque. J'ai par exemple découvert par hasard, à la fin de mes traitements, un prospectus pour une cure dermatologique, ça a été formidable en fin de chimio, mais sans doute cela aurait-il été aussi formidable pendant, lorsque les cloques m'empêchaient de marcher et de tricoter. J'ai cherché moi-même un sophrologue, parce que j'avais déjà fait de la méditation, estimant que cela m'aiderait à supporter la douleur et à diminuer l'anxiété.

Tout comme j'observe mon traitement en bon élève, j'aurais appliqué tout aussi scrupuleusement les conseils des médecins si j'en avais reçu alors : sport, psychothérapie ou cure thermale, j'étais ouverte à tout ce qui pouvait me soulager.

Je me fais à ce quotidien, ses hauts et ses bas, ses aléas aussi. Lorsque, par exemple, j'arrive à l'hôpital pour un banal contrôle de routine et qu'en quelques minutes, cela tourne à la catastrophe. Le médecin habituel n'est pas là, mon dossier n'a pas bien circulé entre les services ou il n'a pas été bien lu… Alors, parfois, le médecin en charge ce jour-là, qui n'a pas tous les éléments, panique.

« Votre rein est atrophié ! Il faut opérer tout de suite !

Alors il faut se battre, contester, essayer d'expliquer.

— Mais non, je vous assure que c'est normal… Je suis prise en charge, j'ai déjà été opérée. »

Et puis passer mille coups de fil, parce qu'on refuse catégoriquement de vous laisser partir. En urgence essayer d'organiser sa fuite. Appeler toute la terre : Alexandre, Antoine, Jean-Louis et tous les docteurs B. Que quelqu'un explique à ce médecin paniqué que non, mon rein n'est pas normal, mais que si, c'est normal.

Ce jour-là, c'est une fois de plus à Jean-Louis que je dois mon salut. C'est lui qui a appelé tous azimuts les deux docteurs B. sur leurs portables, je n'ose imaginer qui d'autre, le directeur du CHU, son président peut-être. Lorsque, finalement, on me laisse descendre de ce brancard sur lequel on m'a installée d'office pour être opérée en urgence, j'en tire une leçon : plus jamais je n'irai voir un médecin qui ne me connaît pas, qui n'a pas mon dossier parfaitement en tête.

Au fil des mois, la situation se stabilise néanmoins. Les lésions au foie ont significativement diminué et elles n'évoluent plus. Au mois de juin, après dix-huit mois de chimio, le docteur B. propose d'arrêter le traitement. « Les images montrent que les lésions métastatiques sont stables depuis plusieurs mois maintenant. Elles sont minimes, le risque est désormais très faible. Au vu de la difficulté des effets secondaires, votre asthénie est très forte, je recommande d'arrêter la chimio. »

Cela fait un moment que nous en parlons et jusque-là j'ai toujours refusé : je veux continuer tant que je tiens, tant que le risque est encore là, aller au bout du traitement. Cette fois, je comprends que nous sommes au bout même si les lésions n'ont pas totalement disparu, et j'accepte l'arrêt de la chimiothérapie. Les contrôles perdureront encore un long moment, je ne suis pas lâchée dans la nature, même si les rendez-vous avec le docteur B. seront un peu plus espacés. Je la verrai désormais tous les trois mois. Ma dernière prise de chimio a lieu au mois de juin 2013.

4.

Il pleut des cordes, ce vendredi après-midi. On n'y voit pas à dix mètres. Nous sommes en mars 2014, cela fait neuf mois que j'ai arrêté la chimio et suis en route pour le contrôle trimestriel à l'hôpital nord de Marseille. Je me plie au rituel habituel : étiquettes, prise de sang, attente, IRM, scan, puis nouvelle attente.

Malgré l'habitude, malgré les résultats rassurants, ma progression évidente, jamais ces contrôles ne sont totalement anodins. Il y a toujours, dans un coin de ma tête, une appréhension qui surgit. Et si ? Et si les progrès n'étaient pas définitifs ? Et si le cancer avait décidé de revenir ? On se rassure, on tente de rationaliser, mais cette question est toujours présente. S'il n'y avait aucun risque, il n'y aurait pas de contrôle. J'ai compris de mes discussions avec le docteur B. que cette surveillance devrait durer cinq ans en s'espaçant peu à peu.

Après les examens, je suis en train de lire mon bouquin dans la salle d'attente lorsque je vois surgir le radiologue la mine défaite. Depuis le temps, on se connaît bien, mais ce n'est jamais lui qui me donne les résultats. C'est toujours un assistant qui me tend la pochette, images et compte rendu, que Jean-Louis relit attentivement et traduit pour moi, avant que je ne les donne ensuite au docteur B. à la consultation suivante.

Il se plante devant moi avec son visage blême et son air catastrophé.

« Ce n'est pas bon. Les métastases ont triplé de volume. Il faut reprendre la chimio. »

Je prends un coup de poing en plein dans l'estomac. Je reste figée, incapable de bouger, de prononcer un seul mot. Je me mets à trembler comme une feuille, sonnée par la violence de la nouvelle. Il me tend la pochette avec les résultats.

« Allez tout de suite voir votre cancérologue. »

Il est vendredi, 19 heures, il est évident que je ne peux pas aller voir ma cancérologue *tout de suite*. D'ailleurs, je ne peux même pas la joindre : son secrétariat est fermé et je n'ai pas son numéro de portable. Alexandre n'est pas encore arrivé, ce vendredi-là son train n'est prévu que tard dans la soirée. Je l'appelle, en larmes, dévastée, paniquée. Il tente de me rassurer comme il peut, sonné lui aussi.

Je remonte dans ma voiture, la pluie tombe toujours, drue, dense, et la nuit est tombée. Je ne peux pas m'arrêter de pleurer. La route est chaotique, c'est une atmosphère de fin du monde. Je manque d'envoyer la voiture dans le décor, mais parviens, de peu, à éviter l'accident. Je me gare sur le bas-côté pour faire une pause et respirer. Il me reste peu de trajet, je tente de mobiliser toute mon attention pour arriver saine et sauve. Par miracle, malgré mes larmes qui continuent de couler, je parviens à rentrer à la maison sans une égratignure.

Lorsqu'Alexandre arrive, un peu plus tard, nous appelons son père et son frère pour tenter de comprendre. C'est l'un des pires week-ends de notre vie, nous pensions sincèrement que tout cela était derrière nous. Je suis tétanisée, persuadée que je vais mourir. Je me répète en boucle que je n'aurais jamais dû arrêter la chimio, tout est foutu, les métastases se sont développées… C'est ce que redoute toute personne atteinte d'un cancer.

Le lundi, à la première heure, j'appelle le docteur B. Mon inquiétude et ma détresse sont à leur comble. « Je vous avais dit qu'il ne fallait pas arrêter la chimio ! Les métastases ont triplé de volume ! » Le docteur B. essaie de me rassurer, elle me dit de venir avec tout le dossier.

Jean-Louis m'accompagne. Dans la salle d'attente, je suis pétrie d'angoisse. Comme elle me l'a demandé, j'ai avec moi tous les comptes rendus. Elle nous accueille de son ton rassurant.

« Je ne comprends pas ce qui a pu se passer, ça n'est pas normal. On va reprendre tous les éléments, toutes les images et les faire réexaminer dans le détail par les experts de mon service. Je vous rappellerai après. »

Nous repartons sans plus de réponses. Plus tard, dans la journée, elle m'appelle pour me dire de revenir la voir en consultation le lendemain. Immédiatement, je pense que ça veut dire que les résultats sont mauvais, c'est reparti, le radiologue avait raison. Comment expliquer sinon qu'elle veuille me voir ? Si tout allait bien, elle me l'aurait dit au téléphone, elle ne prendrait pas la peine de me recevoir pour une nouvelle consultation. Après une nouvelle nuit sans sommeil, nous retournons à l'hôpital Nord avec Jean-Louis.

« Les équipes ont revu toutes les images, les mesures ont été refaites. Tout va bien, rien n'a bougé. L'une des lésions montre, peut-être, un léger signe d'évolution, mais c'est minime, elle n'a certainement pas triplé de volume, nous rassure-t-elle tout de suite.

Elle reprend, contrariée.

— Je ne comprends pas pourquoi il vous dit ça directement. Ce n'est pas le protocole, c'est à moi de vous commenter les résultats. On aurait pu éviter tout ça.

J'éprouve un soulagement immédiat. Elle poursuit.

— J'ai pris la liberté de consulter le professeur M., un chirurgien spécialiste du foie, c'est l'un des meilleurs. Si vous le souhaitez, il est tout à fait possible d'opérer pour enlever les lésions restantes, le foie se régénère, c'est envisageable.

– Écoutez, on opère. Je n'ai pas envie de revivre ça dans trois mois, un an ou cinq ans. Je ne veux plus vivre avec cette épée de Damoclès. »

L'opération est prévue pour le début du mois de juin. Cette fois-ci, j'anticipe. Hors de question de revivre la même expérience que pour la néphrectomie. Je sais à quoi m'attendre, je me mets en condition, je ne veux pas me laisser submerger. J'ai deux mois pour me préparer. Mentalement et physiquement. Je redouble d'ardeur pendant les sorties vélo avec Alexandre, j'ai repris le yoga, que je pratique depuis 25 ans, et la méditation qui m'a toujours été d'un grand secours dès l'enfance et puis je prie. J'ai gardé de mon éducation un très fort rejet des rites et du dogme religieux. En revanche, j'ai un rapport très intime à la foi et à Dieu. Je prie la *Virgen del Carmen*, la vierge du Carmen, patronne de mon école de filles à Cuzco. *Si tu m'offres ton aide et que je m'en sors, je viendrai te voir*, lui promets-je.

Je compte sur son soutien et de mon côté, je fais tout ce qui est en mon possible pour être en forme. Près d'un an après la chimio, je suis encore assez fatiguée, mais les effets secondaires ne me compliquent plus la vie et les interventions sur mon rein se sont espacées. Je suis prête à affronter les suites de l'opération, je sais qu'elles peuvent être difficiles. Je sais aussi qu'il peut y avoir des mauvaises surprises, des mauvaises nouvelles et je me suis faite à l'idée que tout peut basculer.

C'est dans un tout autre état d'esprit que j'arrive à l'hôpital le 31 mai 2014. Je retrouve les rituels préopératoires que je connais désormais par cœur : le jeûne de douze heures, les douches à la bétadine, la veille puis le matin, je retrouve la peau sèche, les cheveux comme la paille, l'odeur tenace, entêtante, acre – l'odeur de l'hôpital ; les bijoux ôtés l'un après l'autre, je regarde mon nombril avec une petite émotion : pas besoin, cette fois, d'ôter le piercing fait en cachette adolescente, j'ai gardé mes pansements si longtemps qu'il s'est refermé, c'est une part de moi, la part sexy, qui disparaît un peu avec lui ; la blouse, la charlotte et les sous-vêtements jetables. Pas de croix au feutre noir cette fois-ci, l'être humain n'a qu'un seul foie.

Je répète ces gestes, si souvent accomplis ces deux dernières années en espérant que ce sera la dernière fois. Mais je ne me fais pas d'illusions : ce n'est pas nouveau pour moi, je sais la douleur, le handicap après une opération de cette envergure, je l'accepte. Au fond, j'ai hâte et je m'y prête de bonne grâce, consciente que c'est nécessaire, une autre étape sur le long chemin de la guérison. Après, je pourrai passer à autre chose.

Le chirurgien passe me voir avant l'opération pour m'en expliquer à nouveau les détails.

« Je vous laisse mon numéro de portable, si vous avez besoin de quoi que ce soit, je suis trois étages plus bas, n'hésitez pas à m'appeler. » J'apprécie le geste. Pour exceptionnels qu'ils soient, aucun des docteurs B. ne m'a jamais laissé son numéro de portable. Je comprends parfaitement le besoin de protection auquel cela répond, mais il n'en demeure pas moins que les grands médecins des hôpitaux sont injoignables et leurs secrétaires sont des barricades au travers desquelles rien ne filtre, rien ne passe. Après les mésaventures que j'ai vécues, la fuite pour échapper à une nouvelle opération du rein ou le pseudo-triplement du volume des métastases, pouvoir accéder directement à son médecin, être accompagnée, rassurée, ne me semble pas être un luxe inutile.

J'entre au bloc bien plus sereine. Alexandre, de son côté, ne vit pas la même expérience. Alors qu'elle était prévue pour durer deux ou trois heures, l'opération en prend sept. Il est seul à l'hôpital et il attend. Le temps passe et il n'a aucune nouvelle. Pas un mot, un point d'étape, rien. Il se morfond en silence. « Tu étais au bloc, encore et encore… J'ai pensé que c'était fini et que personne n'osait me le dire », me révélera-t-il à mon réveil.

« L'opération s'est bien passée, mais on a eu un petit contretemps », expliquera, quant à lui, le chirurgien. Ça s'est *bien* passé, *mais*. Une nuance, pour la première fois en deux ans et demi. Sept heures durant, il a fallu chercher ce que les images montraient. Le chirurgien ne trouve pas trace des métastases. Il faut envoyer chercher ma cancérologue en urgence. Le docteur B. est appelée, les métastases demeurent introuvables. Il y a bien deux tumeurs, toutefois, sans signe de malignité. Elles sont retirées et le lobe droit de mon foie est amputé d'un tiers.

Pendant mon séjour en réanimation, je ne veux pas répéter les erreurs de la néphrectomie. Dès que je suis suffisamment consciente, je demande qu'on arrête la morphine. Le cerveau humain est ainsi fait qu'il ne supporte pas la douleur. De lui-même, de manière animale, il va vers ce qui le soulage. La morphine soulage. Mais la morphine est aussi un engrenage. Je refuse de sombrer dans le monde de noirceur, de cauchemars et de désespoir qui m'a envahie la première fois. Le souvenir reste vif. Je veux que l'on arrête au plus vite.

L'infirmière refuse, la décision n'est pas de son ressort, dit-elle. Puisqu'il m'a donné son numéro, j'appelle le professeur M. et je lui explique. « Je vais gérer, je vous promets. Rendez-moi ce service, s'il vous plaît. »

Il accepte. Je sors de réa, remonte dans ma chambre de soins de suite et la morphine est arrêtée. La douleur est similaire à celle éprouvée lors de la néphrectomie. Il m'est insupportable de tousser ou d'éternuer. Je ne peux pas bouger, me lever, me laver, pendant plusieurs jours, mais je tiens le coup. Je sais que ça s'arrête. Je prends des antidouleurs légers et je m'appuie sur la méditation. Ma mère appartenait à une sorte de cercle *new age* lorsque nous étions enfants et elle nous emmenait méditer avec elle. « Le cerveau est tellement puissant que si ton orteil te gratte, il peut transférer la sensation à une autre partie du corps plus accessible », nous disait le professeur. Ça marchait, j'arrivais à soulager mes démangeaisons sans interrompre la méditation en faisant passer la sensation d'un organe à l'autre.

Après l'opération, je médite beaucoup, je m'aide des techniques de respiration du yoga. Comme je l'ai promis au professeur M., je gère ma douleur. De ma chambre, il y a une vue magnifique sur la mer et les bateaux, ma convalescence n'a rien de commun avec ma première opération, si l'on excepte, bien sûr, les épisodes des *Enquêtes impossibles*.

Au bout de deux semaines, je peux me lever et me laver seule. Je demande au professeur M. de rentrer à la maison. Un peu sceptique, il accepte néanmoins. Je poursuis ma convalescence à la maison avec une idée en tête. La fête de la *Virgen del Carmen* a lieu chaque année le 16 juillet à Paucartambo, un petit village à deux ou trois heures de route de Cuzco, entre la Cordillère des Andes et l'Amazonie. Nous y allions chaque année lorsque j'étais enfant. L'opération s'est bien passée, il n'y a plus de traces de métastases, je récupère particulièrement bien et surtout, je lui ai promis d'aller la voir. Il me reste peu de temps pour me décider et organiser le voyage.

J'en parle d'abord avec Alexandre.

« Mais t'es folle ! Tu ne vas pas voyager dans cet état, ta cicatrice n'est même pas refermée !

Je lui explique alors en détail ma dévotion à cette vierge, l'importance qu'elle a pour moi, qu'elle a eu pour que ma convalescence se passe bien. Il voit bien que je récupère bien plus vite qu'en janvier deux ans auparavant. Je suis beaucoup plus autonome, je marche, la douleur est là, mais elle est supportable ; il voit bien que je suis globalement en forme. Alors il cède.

— D'accord, si tu y tiens on y va. »

C'est sans doute ce que je chéris le plus chez lui, cette capacité à me soutenir vaille que vaille, même dans mes projets les plus fous.

J'en parle ensuite avec le professeur M. lors de la consultation postopératoire. J'avais réservé les billets d'avion à l'avance par précaution, le vol est deux semaines plus tard. Sa première réaction est similaire à celle d'Alexandre : hors de question de me laisser prendre l'avion dans cet état-là, c'est une folie. Devant mon insistance, il finit lui aussi par céder, à la condition que je porte en permanence un dispositif de compression pour ma cicatrice. J'accepte bien volontiers, d'ailleurs, je le garderai plusieurs mois.

Le 13 juillet, nous nous envolons pour Cuzco. À l'arrivée, nous restons 24 heures en ville pour qu'Alexandre s'acclimate à l'altitude. Mes proches m'ont aidée à tout organiser à distance.

D'habitude, nous faisons le voyage avec les autres pèlerins, dans les petits combis qui assurent la liaison entre Cuzco et le village de Paucartambo. Ces bus sont archibondés, chacun voyage qui avec son réfrigérateur, qui son cochon, qui ses poules, son chien, ses provisions pour la semaine… les gens font le trajet de la ville à la campagne avec tout leur attirail. Tant que le bus ne contient pas plus de voyageurs qu'il ne peut en transporter, il ne part pas et, surtout, dans un souci de rentabilité maximale, ils roulent à toute allure, faisant fi des règles de sécurité les plus évidentes, et il arrive très souvent qu'ils basculent dans le ravin. Compte tenu de mon état, il ne semble pas raisonnable de voyager dans ces conditions. Le surlendemain de notre arrivée, je me mets donc au volant du quatre-quatre que mon frère est parvenu à nous trouver.

Deux de mes meilleures amies nous accompagnent. Elles se sont chargées de nous trouver un logement. Lorsque nous y allons, nous dormons normalement où nous pouvons. Je me souviens d'avoir passé la nuit dans une école à même les bancs des salles de classe, dans l'hôpital local, sur des brancards, chez des habitants bienveillants…

« Je ne suis pas en état de dormir n'importe où, j'ai juste besoin d'un lit » les ai-je prévenues. Je n'ai pas ajouté qu'Alexandre n'a sans doute jamais campé de sa vie et n'est pas habitué à ces conditions spartiates.

Le village compte à peu près 500 habitants. Pendant les festivités, sa population monte à des dizaines de milliers de personnes. Ce n'est pas un site touristique, il n'y a pas d'hôtels, de chambres d'hôtes. Se loger relève de la gageure. Après avoir fait du porte-à-porte chez tous les habitants du village, l'une de mes amies a réussi à nous dégoter une petite chambre rudimentaire, mais propre : quatre lits superposés, des toilettes et une petite douche, située juste en face de l'église où ont lieu les célébrations.

La première nuit est dantesque. Il fait extrêmement froid, c'est le plein hiver au Pérou et les maisons ne sont pas chauffées. Les couvertures sont en draps de laine, épaisses, il faut en mettre trois pour se protéger du froid et l'on passe la nuit écrasé sous le poids de cette laine de mouton. J'ai l'habitude, c'est à cela que ressemblaient toutes les nuits de mon enfance. Alexandre, quant à lui, se réveille dévoré par les punaises. Ni mes amies, ni moi n'avons ne serait-ce qu'un bouton. Il est clair que cette attaque était sciemment orchestrée contre l'Européen de la bande. De mon côté, j'arrive à prendre une douche malgré l'eau glacée et à faire les soins nécessaires à ma cicatrice.

Avec le décalage horaire, nous nous réveillons aux aurores. Le lendemain, nous sommes parmi les premiers à l'église. Les festivités s'étalent sur quatre jours, du 15 au 18 juillet. Le pic, le moment où la fête bat son plein a lieu le 16. C'est le jour de la procession de la vierge et de la bénédiction. Ce jour-là, toute la région fait le déplacement et la fête est presque païenne. Elle vient d'ailleurs des Incas. En procession, une quinzaine de danses suivent la vierge dans son parcours à travers le village. Les participants sont vêtus de costumes inspirés des divinités et des démons incas et portent des masques terrifiants qui les représentent. Elles sont colorées, vivantes, exaltées. La ferveur, l'excitation est à son comble. Toute la ville prie ardemment, chacun tente de toucher la représentation de la vierge, magnifique dans son immense robe de dentelle, pour s'attirer sa bénédiction, certains entrent en transe. C'est aussi le temps pour les familles, les groupes d'amis des alentours de se retrouver, manger et boire jusqu'à plus soif.

Mais la veille, les célébrations sont essentiellement religieuses. Le village est plus calme. Au petit matin, en ce premier jour de la fête, l'église est presque déserte. L'aube, à travers les vitraux, donne à l'église une lumière irréelle, l'atmosphère est terriblement spirituelle. Nous observons les pèlerins faire leurs prières et allumer les cierges dans un silence dévot. Je ne crois pas avoir jamais ressenti une émotion telle. Je suis secouée de sanglots, je ne peux pas m'arrêter de pleurer. Des larmes de joie, de reconnaissance, d'émotion de vivre cet instant privilégié et, peut-être aussi, d'être en vie.

Le 16 juillet, après la bénédiction, nous reprenons la route à bord du quatre-quatre. J'ai fait une surprise à Alexandre, j'ai réservé pour nous deux une chambre dans le meilleur hôtel de Cuzco. Pour son premier pèlerinage, je veux qu'il découvre le plus beau et le plus vieil hôtel de la ville, El Palacio Nazarenas, un hôtel magnifique niché dans un ancien couvent du XVe siècle, bâti, comme souvent à Cuzco, sur les fondations d'un temple Inca. Il passe toute l'après-midi dans le bain qu'il s'est fait couler.

Trois jours plus tard, nous sommes de retour à Aix. Notre voyage aura duré à peine une semaine. La suite de ma convalescence se poursuit à Aix, je me sens pleine d'énergie, la maladie est derrière moi. C'est une autre phase qui s'ouvre.

IV

Danser sous l'orage

I.

Au mois d'août 2014, c'est la cérémonie de remise de diplôme du MBA. Je suis parvenue à aller au bout en trois ans au lieu des deux prévus.

C'est la fin de l'été, il fait un temps magnifique. Deux jours durant, l'université a organisé des activités de *team building*. J'y retrouve mes camarades que je connais assez peu. Ils m'ont accueillie avec bienveillance, mais je n'ai pas eu le temps de tisser beaucoup de liens, trop d'absences, de malaises ou de fatigue. Malgré tout, j'ai gardé un ami précieux. Dans cet aréopage de cadres supérieurs suisses-allemands très comme il faut, je détonne. Disons-le franchement, je suis exotique et la seule de mon genre. En dépit de toute la bienveillance avec laquelle ils m'ont accueillie et de leur grande compréhension, une certaine distance s'est créée. Sauf avec Bruno. Lui aussi détonne. Il a beaucoup voyagé, il a arpenté le Pérou de long en large, et il adore Cuzco où il a passé beaucoup de temps. Mon exotisme ne lui fait pas peur, il l'intéresse sincèrement. À chaque session où j'assiste, nous passons notre temps à discuter tous les deux. Aujourd'hui encore, nous restons proches.

Je participe aux activités avec plaisir, je suis décidée à en profiter, jeux d'équipes ou sportifs, je joue le jeu à fond, portée par l'ambiance joyeuse, un brin potache, qui règne entre nous.

Le soir, un barbecue est organisé au bord du lac. Ce soir-là, contrairement aux précédentes sessions, je suis en forme, la chimio est finie depuis plus d'un an. Alors je me mêle au groupe et je perçois l'étonnement dans leurs regards. Tout ce temps, j'ai été une *agua fiestas* comme on dit au Pérou, une rabat-joie : je ne sortais pas avec eux le soir, je me couchais tôt, mangeais peu, ne buvais pas et j'étais l'une des plus âgées. Ils me découvrent enfin dans mon état naturel, plutôt fêtarde, sociable, et surtout heureuse d'être là.

La cérémonie a lieu le lendemain soir. Alexandre et ma mère sont là, j'ai acheté une jolie robe, et, pour l'occasion, ressorti mes précieux Louboutin. Je ne sais plus marcher avec des talons de dix centimètres : c'est à peine si je supportais des baskets ces trois dernières années. La remise des diplômes a lieu dans le centre de Saint Gallen, un joli centre de bourg suisse typique inaccessible aux voitures. Nous nous garons donc à l'écart du centre et partons gaiement à travers les rues pavées. À chaque pas, je me demande quelle mouche m'a piquée, je manque de me tordre les pieds mètre après mètre, mais, comme une adolescente à sa première sortie, je supporte en silence et en souriant ; au fond je suis ravie de renouer avec cette partie de moi.

Je repense à ces trois années de lutte. À tout le travail qu'il m'a fallu fournir pour rattraper mes lacunes, en finances et en maths, en particulier. Même si j'ai toujours été du genre bûcheuse, bonne élève, je suis obligée de constater que mon éducation péruvienne ne m'a pas donné les mêmes bases, il me faut travailler deux fois plus pour mettre au niveau et je comptais sur les matières littéraires pour me rattraper.

Il a fallu, aussi, composer avec l'intensité du rythme des sessions malgré la maladie. Quand il m'arrivait de rater une matinée de cours parce que je ne me sentais pas bien, l'après-midi, je ne comprenais rien, il me fallait redoubler d'ardeur pour tout rattraper. Du début à la fin, ce fut dur, exigeant. Plusieurs fois, j'ai pensé abandonner. J'ai fini par me convaincre que le diplôme n'était peut-être pas la seule finalité de cette formation, que je le faisais pour moi de toute façon, mes objectifs ont bien changé en trois ans.

En revanche, tout ce temps d'étude, de travail, de réflexion a joué un rôle crucial tout au long de la maladie. Quand j'étudiais, quand j'étais en cours avec les autres, je me sentais normale, vivante et ça n'a pas de prix. Aussi, lorsque j'entends appeler mon nom pour monter sur l'estrade récupérer le diplôme, les larmes me montent aux yeux. Cela veut dire que malgré tout, malgré mes défaillances, je suis un peu comme eux, tous ces gens dont j'estime l'intelligence, je suis un peu à leur niveau.

Alors que je reçois mon diplôme des mains du directeur, vêtue de la tunique noire et de la toque des diplômés, j'ai une pensée émue pour celle qui s'était inscrite trois ans auparavant, celle qui avait des ambitions. J'ai bien conscience que ça ne me servira sans doute à rien dans la vie qui m'attend, je ne me mettrai vraisemblablement pas en quête d'un job qui fera appel à ces compétences. Mais malgré cela, ce jour-là, dans la lumière d'été, et même si mes pieds me font souffrir le martyre, j'ai le sentiment de lui faire honneur.

Le temps est désormais venu de passer à autre chose. Le cancer est derrière moi, les dernières lésions suspectes ont été enlevées, la chimiothérapie est terminée depuis un an. L'envie de bébé me rattrape, irrépressible. J'ai 38 ans, je suis déjà vieille, il y a urgence. Je m'autorise enfin à poser la question à mes médecins.

Les deux docteurs B. n'accueillent pas mon projet de la même manière.

« C'est une folie ! Votre corps ne pourra pas le supporter. »

Le premier docteur B., l'urologue, est radicalement contre. Antoine et Jean-Louis, sans être aussi catégoriques, sont plutôt sur la même longueur d'onde : c'est trop risqué dans mon état, il vaudrait mieux ne pas se lancer dans une telle aventure.

« En ce qui me concerne, il n'y a pas de contre-indication. Votre cancer n'est pas hormonal et les traitements que vous avez suivis n'y font pas obstacle.

Ma cancérologue, quant à elle, est bien plus engageante :

— Je vais vous adresser à un obstétricien », conclut-elle.

Pas de contre-indications : je m'accroche de toutes mes forces à ces trois mots. J'ai osé poser la question, la brèche est ouverte. Cela devient vite une obsession.

« Je voudrais un bébé. » Lorsque j'en parle à Alexandre, il ne s'y attend pas. La fin de non-recevoir du docteur B. lui a suffi. Il ne sait pas que j'ai choisi de faire confiance à ma cancérologue : pas de contre-indications. Nous avons déjà parlé d'enfant quand j'avais voulu faire congeler mes ovules avant le début de la chimio, sa position n'est donc pas un mystère pour moi.

« Je comprends que tu ne veuilles pas, tu as déjà deux enfants, ils sont adultes. Je comprends que tu penses que ce n'est plus de ton âge, mais je préfère te prévenir : je ne changerai pas d'avis.

Sans surprise, la discussion qui s'engage n'aboutit pas à un compromis. C'est trop lui demander. De mon côté, je suis guidée par un sentiment d'urgence, l'urgence de construire autre chose, l'urgence d'une envie trop longtemps passée sous silence.

— Je respecte ta décision, lui dis-je. Mais c'est aussi ma vie. Et je vais avoir un enfant. Avec ou sans toi. »

« Puisque nos désirs ne se rencontrent pas, c'est plus sage que l'on se sépare », ajouté-je après un temps. Dans mon esprit, je suis décidée à partir. Je tente de mettre mes affaires en ordre, matériellement, ça n'est pas bien compliqué, comme il y a vingt ans, mes affaires tiennent dans une seule valise.

« Tu veux un enfant, c'est normal. Je n'ai pas le droit de te priver de ça », finit-il par me dire, au bout de quelques jours. Une fois de plus, il répond présent, il est là pour m'accompagner dans mes entêtements, s'attachant à rendre possible l'avènement d'une vie normale. Il sera à mes côtés pour mener ce combat. Un combat d'un genre différent, certes, mais un nouveau combat pour la vie.

« Tu te rends compte que ça risque d'être très difficile ? Tu mesures le danger ? », ajoute-t-il seulement.

Je m'en rends compte, mais je suis prête à tout. « Il faut compter à peu près deux ans après la chimio pour que votre corps soit prêt à supporter une grossesse », m'avait expliqué le docteur B. Nous sommes à l'automne 2014, il me reste un peu moins d'un an pour que mon corps soit « nettoyé », prêt à accueillir un bébé. Les séquelles des traitements et des opérations sont encore bien présentes, je suis encore anémiée, assez faible et j'ai beaucoup maigri. Je me sens comme un poulet déplumé. Alors je m'attelle à remettre les plumes, une par une : je reprends le yoga, je redouble d'ardeur dans nos séances de vélo avec Alexandre, je fais le maximum pour être physiquement en forme.

Ce projet de bébé scelle définitivement notre couple. Les rendez-vous médicaux ne remplissent plus mon quotidien, je suis très seule à Aix, Alexandre a peu à peu lâché la vie politique, et comme il est toujours très pris par son travail à Paris, nous décidons d'y emménager ensemble. Il abandonne le petit studio où il passe ses semaines et nous trouvons un petit appartement où nous installer.

C'est une période très heureuse qui s'ouvre. Nous sommes comme deux rescapés d'un traumatisme. Il nous semble ouvrir les yeux pour la première fois depuis bien longtemps. Comme des nouveau-nés, nous découvrons le monde sous un jour nouveau : sans médecins, hôpitaux ni traitements, et, surtout, sans craindre sans cesse que tout s'effondre du jour au lendemain. Nous essayons de vivre, tout simplement. Passer le plus de temps possible ensemble.

En janvier 2015, Alexandre me fait une surprise. Il m'emmène passer quelques jours à Rome pour mon anniversaire. Le soir dit, nous dînons dans une de ces petites places qui émaillent la ville éternelle et qui font son charme.

« Et si on se mariait pour tes 40 ans ? Lance-t-il tout de go.

— Mais… Tu rigoles ?

Je n'y avais pas pensé, nous étions ensemble, ça me suffisait. Ma famille, très catholique, râlait un peu. Même mon père, cet athée convaincu, me disait souvent : « Vivre en union libre, ce n'est pas très sérieux ». Je m'étais toujours dit que si je me mariais un jour, ce serait surtout pour leur faire plaisir. Entre nous, la question n'avait jamais été sérieusement évoquée. Mais, dans ce petit restaurant, sur cette petite place si typiquement italienne, il ne plaisante pas.

— Alors, d'accord ! Si c'est une vraie demande, c'est oui ! »

Le mariage est prévu un an plus tard. Je prends en charge les préparatifs. Ce n'est pas une mince affaire de réunir toute ma famille et de faire venir tout le monde : mon frère du Pérou, mon père et mes autres frères et sœurs des États-Unis, et des cousins de Suisse, d'Australie, du Brésil, Bruno sera là aussi, de Suisse... Alexandre fait sa première liste d'invités, nous en sommes à 400 personnes ! Mais nous avons décidé de nous marier chez nous, à Aix, et la maison, si grande soit-elle, n'est pas extensible. Nous parvenons à réduire la liste à 200 invités.

Je décide de faire mes cartons d'invitation à la main comme ça se faisait au Pérou lorsque j'étais jeune : de l'encre de Chine, des papiers soignés, des jeux de pliages et de superpositions. Il faut marquer les dessins à la pointe, piquer les perles, coller les rubans, cela me prend des semaines. Ma belle-mère les regarde avec circonspection, « c'est... original » ne cesse-t-elle de répéter. Ce ne sont pas des faire-part classiques à la française, c'est vrai. Peut-être les trouve-t-elle désuets ou un peu kitsch. Moi, je les adore et j'y mets toute mon ardeur : j'y travaille tous les jours, tous les soirs, je les emmène en voyage en Inde avec moi pour être sûre que tout sera prêt en temps et en heure.

À l'été 2015, mon corps est enfin prêt à supporter une grossesse. Le mariage est prévu un an plus tard en juillet 2016. Comme j'expose mon projet de grossesse à la couturière qui s'occupe de ma robe de mariée, elle me propose d'installer, moyennant un supplément hors de prix, un mécanisme pour l'adapter à une éventuelle grossesse au cas où. Ce subterfuge à prix d'or ne sera d'aucune utilité et pour mon mariage, mon ventre demeurera parfaitement et tristement plat.

Je choisis de rester optimiste et de me concentrer sur notre mariage, la belle fête qui s'annonce. Nous préparons la maison à accueillir nos invités. Tout est prévu dehors : les tables doivent être dressées dans le jardin et l'orchestre installé sur la terrasse. « Il ne pleut jamais en juillet à Aix », assène Alexandre, péremptoire, à la personne qui nous aide à tout organiser lorsqu'elle nous suggère de prévoir un plan B en cas de pluie.

Les deux jours qui précèdent le mariage, tout est prêt, mais il pleut des cordes. La pluie ne s'arrête pas de tomber, c'est le déluge. Du jamais vu à Aix. Alexandre appelle Météo France cinquante fois par jour, nous sommes fébriles. En deux jours, nous faisons le tour de tous les endroits de la région qui peuvent nous accueillir. Bien évidemment tout est complet. Alors que la pluie continue de tomber, nous continuons d'explorer toutes les pistes, même les plus improbables. Alexandre croit avoir trouvé un lieu. Lorsque nous allons le visiter, nous comprenons vite pourquoi c'est le seul de la région à être disponible. Je suis tellement stressée que je fonds en larmes devant tant de laideur. Nous n'avons pas de plan B et la pluie tombe toujours.

Par je ne sais quel miracle, Alexandre finit par dégotter une magnifique tente berbère. Elle peut être installée le lendemain nous assure son propriétaire. Il faut maintenant lui trouver un emplacement : le jardin est détrempé par tant de pluie, il n'est pas assez plat, un seul endroit convient, le terrain de pétanque. Seul problème, l'espace n'est pas tout à fait assez grand à cause d'un arbre au coin qui empêche de mettre la tente.

Alexandre appelle Alain, le jardinier qui s'occupe de la maison depuis toujours :

« Tu viens demain à la première heure pour couper cet arbre.

Alain proteste, affligé.

— Non, je ne peux pas, je ne le couperai pas. »

Devant la menace de l'annulation de notre mariage, il cède néanmoins aux supplications d'Alexandre et il est là au petit matin pour se mettre à l'ouvrage. Ce grand Alsacien de soixante ans, ce costaud que rien n'impressionne est en larmes. Tout en abattant son arbre, il pleure toutes les larmes de son corps.

« J'ai planté cet arbre il y a 25 ans et vous me le faites couper », lâche-t-il entre deux sanglots.

Je reste auprès de lui pour le rassurer. Nous planterons bien d'autres arbres. Finalement, la tente est installée. Elle est un peu petite pour nos 200 invités qui sont un peu serrés, mais en dehors de cela, elle est parfaite.

Il pleut toujours, mais le mariage peut avoir lieu. À notre sortie de la cérémonie, le parvis de la mairie est couvert de parapluies. Mes chaussures ouvertes sont tellement trempées que je glisse à l'intérieur. Miraculeusement, en fin de journée, la pluie finit par s'arrêter de tomber.

Nous accueillons nos invités en compagnie de deux lamas revêtus des parures de fête qu'ils portent traditionnellement au Pérou. Eux aussi ont bien failli ne pas être là. Je voulais absolument une touche péruvienne pour mon mariage. La première association qui devait nous en louer a annulé au dernier moment à cause de la pluie. À la dernière minute, j'ai réussi à trouver une association à côté de chez nous qui organise des thérapies avec les animaux pour des enfants autistes. Très gentiment, la responsable de l'association a accepté de nous louer ses deux lamas qu'elle a revêtus des parures péruviennes. L'attention me touche particulièrement.

La fête peut commencer. Il reste un dernier terrain miné : le plan de table ; mes parents ne se sont pas retrouvés dans le même pays depuis bien longtemps, et ma mère et mon frère refusent catégoriquement d'être assis à côté de mon père et mes demi-sœurs. Alexandre s'en charge. « Ça ne peut pas être plus difficile que le protocole au Conseil d'État », me dit-il, je le laisse faire, il a l'expérience. Il déploie des trésors de diplomatie pour que tout ce petit monde puisse cohabiter le plus pacifiquement possible. C'est ainsi que notre table n'accueille finalement que les parents d'Alexandre ; les miens sont placés aux antipodes l'un de l'autre, pour éviter qu'ils ne puissent échanger ne serait-ce qu'un regard.

Mais rien ne vient plus gâcher la fête et tout le monde danse. Avec mes sœurs, tous mes copains latinos et mes vieux amis rencontrés au fil de mes déménagements, nous dansons sans nous arrêter. En sueur, la pluie n'est jamais revenue, nous virevoltons sur la terrasse jusqu'au petit matin. J'ai donné au DJ toute ma playlist de musiques d'Amérique latine, la maison d'Aix est transformée en bal latino, « la prochaine fois, je t'embauche », me lance-t-il alors que la piste de danse ne désemplit pas. Nous faisons la fête comme jamais.

Le lendemain, nous avons prévu une sortie en catamaran pour montrer la Méditerranée à tous ceux qui ne la connaissent pas. À neuf heures du matin, avec Alexandre, nous réveillons un à un tous les fêtards qui ont dormi à peine trois heures. Nous attrapons les restes du buffet, quelques bouteilles, et nous embarquons tous pour une croisière. La mer est magnifique, aucun nuage ne vient gâcher l'azur du ciel, la journée est superbe.

Puisque la vie reprend, je me lance aussi dans une nouvelle activité. Je réfléchis un temps à reprendre un travail similaire à celui que j'exerçais, mais j'abandonne rapidement. Si je veux avoir le sentiment de progresser, il faudra que je prenne un job avec des responsabilités. L'hôtellerie est un secteur qui requiert de travailler la nuit, le week-end. Alexandre, de son côté, voyage beaucoup pour son travail. Si je me lance dans cette aventure, nous ne ferons que nous croiser. Vivre l'un à côté de l'autre, mais pas vraiment ensemble. Comme autrefois, quand je passais ma vie à travailler.

Même si je choisissais de reprendre à un temps partiel, comme me le conseillent les médecins, ça ne changerait pas grand-chose en termes d'horaires de travail, et puis je risque de m'ennuyer professionnellement puisque je retournerais vers des métiers que j'ai déjà exercés. Tout ça pour un salaire divisé par deux.

Si je choisis de faire ça, me dis-je, c'est que je n'ai rien appris de cette maladie. Ça n'est compatible ni avec mon aspiration à fonder une famille, ni à mon nouvel état d'esprit. J'ai retenu la leçon par la force des choses, le travail n'est plus toute ma vie, l'alpha et l'oméga de ce qui me définit. J'ai changé de regard sur le monde.

Je décide de laisser libre cours à mes aspirations manuelles et artistiques et je lance une marque de vêtements pour enfants cousus à la main. Je passe des heures au marché Saint-Pierre à Montmartre pour choisir les tissus, à dessiner les patrons sur mon cahier, faire des prototypes, imaginer des associations de couleurs, des formes, des petits blousons, des petites robes, des salopettes, des turbulettes… Je m'en donne à cœur joie.

Les ennuis commencent dès qu'il s'agit de vendre mes créations. Le commerce en ligne a le vent en poupe, comme tout le monde, j'ouvre une petite boutique sur internet. Il faut faire de belles photos, mettre en valeur les produits et surtout, communiquer, sur les réseaux sociaux.

Mes premières photos sont mal cadrées, la lumière ne va pas, les couleurs ne ressortent pas… Je me résous à engager un photographe. Mais il reste la communication. Je n'ai jamais su y faire, je n'ai pas l'esprit vendeur et je le regrette, mais ça n'a jamais fait partie de mes qualités. Je passe des mois à ne rien vendre.

J'ai l'idée de trouver une boutique où je pourrais accueillir des clients, des vrais, en chair et en os : c'est plus adapté à mon tempérament, pensé-je, là, au moins, je ne serai pas perdue dans la masse d'internet, et puis mes créations parleront d'elles-mêmes. C'en sera enfin fini des réseaux sociaux.

J'envisage un temps de prendre un stand sur l'un des multiples marchés d'artisanat que possède Londres. Le Brexit n'est pas encore entré en vigueur, cela semble possible. Un de mes amis cavistes propose de me prêter une planche et des tréteaux, il pourrait m'aider à tenir le stand, ou même le partager avec moi. J'explore cette piste assez longtemps pour réaliser que ça ne sera pas aussi simple que ça en a l'air : acquérir les autorisations nécessaires, transporter le stock, me loger pour les deux jours de marché, rapporter le stock à Paris… Tout cela n'est pas raisonnable. Il devient de plus en plus difficile de rester mobilisée pour ce projet.

Et puis je comprends aussi que cette petite entreprise est surtout un palliatif à mon désir d'enfant. Ce n'est pas tant pour les vendre que je couds toutes ces turbulettes, ces petites vestes et autres pyjamas. C'est pour mon enfant à venir.

Mais mois après mois, les déceptions se succèdent. Inéluctablement, mon ventre reste vide. Cela signe notre retour chez les médecins, pour d'autres examens, d'autres prises de sang, d'autres analyses. C'est un parcours du combattant, les familles qui ont connu des difficultés à avoir des enfants et ont eu recours à la procréation médicale assistée le savent. Mais je ne me démonte pas, je suis prête à tout supporter pour avoir ce bébé, j'ai le temps.

À chaque nouveau mois passé le ventre vide, les petits vêtements rangés dans mon bureau me pèsent de plus en plus. Mon stock ne s'écoule pas. En deux ans, j'ai vendu quelques coussins et une turbulette, et mes clients étaient essentiellement des amis ou des membres de la famille. Je couds de moins en moins, mes posts sur les réseaux sociaux se font de plus en rares.

Aux mois sans rien succèdent les fausses couches. Après l'espoir immense suscité par le premier test, la première prise de sang, la joie indicible, il faut supporter l'échec. S'en vouloir, se laisser submerger par la tristesse, attendre un peu que le corps se remette et puis, malgré l'appréhension, l'obsession, repartir, essayer de nouveau.

Recommencer les piqûres tous les jours, trois fois par jour, la stimulation hormonale qui met le moral à zéro et les nerfs en pelote. L'anxiété de ne pas y arriver, encore et encore. Prélever de nouveaux ovules pour faire de nouveaux embryons qui, eux non plus, ne résisteront pas. Apprendre à taire les espoirs et même les échecs, à ne pas se réjouir vraiment. Je finis par arrêter définitivement les vêtements d'enfants. Je range mon stock dans des cartons. Ils serviront à mon futur enfant, peut-être.

En mars 2019, c'est le dernier essai. C'est le dernier embryon, disent les médecins, on ne peut pas continuer, c'est de l'acharnement médical, le traitement est lourd, ça n'est plus raisonnable. Quatre semaines plus tard, pas de règles. On dirait que ça marche. Le 15 juin, l'échographie est formelle : le bébé est bien accroché. C'est pour le 15 décembre. L'euphorie que je ressens est indescriptible. Si j'avais bu boire une bouteille de champagne à moi toute seule, je l'aurais fait. J'exulte. Enfin, près de quatre ans après nos premiers essais, je suis enceinte. Enfin, sept ans après la tentative inachevée d'aller à New York faire congeler mes ovules, l'idée d'avoir un enfant devient tangible.

La voilà, ma victoire sur la vie. L'étape ultime de cette folle aventure qui m'a ramenée ici, en France, avec Alexandre. Tout mon être est tendu vers cet objectif. Je suis enceinte, j'ai réussi à faire un bébé. Il ne peut plus rien m'arriver maintenant.

2.

« Il faut sortir le bébé maintenant, Madame. Appelez votre mari, on va vous garder. » Fin novembre, deux semaines avant le terme prévu, les médecins sont inquiets. La fin de ma grossesse est compliquée. Depuis plusieurs semaines, je suis surveillée comme le lait sur le feu. J'ai commencé à faire du diabète gestationnel à six mois. Un mois plus tard, mon taux de plaquettes a commencé à chuter drastiquement. Malgré trois semaines de cortisone à haute dose, il ne remonte pas assez. Les médecins ont tout fait pour retarder la date de l'accouchement garder le bébé au chaud le plus longtemps possible. Ils y sont plutôt bien parvenus puisqu'il ne me reste que deux semaines avant la date théorique. Mais on ne peut plus attendre.

« Si on ne déclenche pas l'accouchement rapidement, soit vous, soit le bébé risquez de mourir. » La menace est sans appel. Lors du contrôle, ce 29 novembre 2019, les analyses montrent que mes fonctions rénales et hépatiques sont au plus bas : mon rein et mon foie cessent de faire leur travail. Je suis hospitalisée d'urgence.

Alexandre attrape à la hâte quelques affaires, je n'ai même pas eu le temps de préparer ma valise pour la maternité. L'équipe décide de déclencher le travail et fait la perfusion d'ocytocines censée déclencher les contractions. Pendant 36 heures, les contractions se succèdent, extrêmement douloureuses, mais parfaitement inutiles. Elles n'ont aucun effet sur l'ouverture du col de l'utérus et la poche des eaux reste intacte. Impossible d'avoir une péridurale tant que le travail n'a pas réellement commencé. J'entends les sages-femmes et les médecins parler entre eux, je sens la tension qui règne dans la salle d'accouchement : « Il faut la sortir, là », « c'est trop long, elle ne tiendra pas ».

Nous nous immisçons.

« Si l'urgence est telle, pourquoi ne faites-vous pas une césarienne ?

— Impossible, votre taux de plaquettes est trop bas, il y a un risque hémorragique. »

Ce sera le statu quo. Douleur et tension.

Au bout de 36 heures, enfin, la poche des eaux se rompt. Comme me l'ont demandé les sages-femmes, je descends en salle de naissance. Je demande qu'on pose la péridurale. Impossible, me répond-on, le taux de plaquettes est trop bas. Le travail dure des heures, le rythme cardiaque de mon bébé est fluctuant, je suis inquiète, la douleur est envahissante. Soudain, l'équipe soignante s'agite : il faut qu'elle sorte. À une heure trente-neuf du matin, le 1er décembre, après plus de deux jours de travail, Nina, ma fille, voit enfin le jour. On la pose sur ma poitrine, je suis exténuée.

D'un seul coup, je me mets à trembler de tous mes membres, je suis gelée. Je me sens partir. Les infirmiers essaient de poser une perfusion, impossible, je tremble trop, ils s'y reprennent à dix fois. Les bips se mettent à sonner dans tous les sens. Aussitôt, j'ai dix personnes autour de moi. Je vois Alexandre blêmir, les bras ballants, impuissants. « On va la perdre ! » : dans une semi-conscience, j'entends les cris, les ordres, je vois le sang partout autour de moi. Je vois aussi ma fille délaissée, toute l'attention est centrée autour de moi.

Dans un ultime sursaut de conscience, je plante mon regard dans celui d'Alexandre : « Prends bien soin d'elle », lui dis-je avant de m'évanouir totalement.

Je ne sais pas si je la reverrai.

J'ai perdu près de deux litres de sang. Quand je me réveille, je suis enveloppée dans une couverture de survie, j'ai été transfusée et un ballon a été installé dans mon ventre pour compresser l'hémorragie.

« On ne connaît pas encore la source de l'hémorragie, m'explique le médecin. Vous allez garder le ballon quelques jours le temps que ça se stabilise et on pourra cautériser. »

La salle d'accouchement a été nettoyée. Nina est dans l'incubateur, elle dort. À la place de la flaque de sang qui jonchait le sol, un matelas a été installé pour Alexandre. Nous passons le reste de la nuit là, tous les trois, moi encore enveloppée dans ma couverture de survie et Alexandre sur son matelas de fortune.

Le lendemain matin, je suis transférée en suites de couche. Les puéricultrices nourrissent Nina, au lait artificiel, je n'ai pas assez d'énergie pour que la montée de lait advienne. Tous les jours, je la mets au sein pour stimuler la montée de lait, mais elle se détourne : il n'y a rien à manger. Je continue tout de même, jour après jour, décidée à allaiter. Tous les soirs, les sages-femmes gardent Nina auprès d'elles pour que je puisse dormir et récupérer un peu. Cela dure cinq jours. On enlève le ballon, la situation semble s'être stabilisée, l'hémorragie ne repart pas de plus belle. Le sixième jour, nous pouvons rentrer. « Nina est la plus vieille de tout le service, il était temps qu'elle parte, lancent les puéricultrices avec humour. »

Des gynécologues aux sages-femmes, en passant par les aides-soignantes et les puéricultrices, tout le service connaît Nina. Elle n'a qu'une semaine, mais elle est habituée à passer de bras en bras. Les autres bébés ont trois, quatre jours au maximum.

Nous rentrons à la maison. Ma petite sœur Urpi est là. Elle est venue en France pour m'aider un peu après l'accouchement. Elle a treize ans de moins que moi, c'est la petite dernière de la famille. Nous sommes plutôt proches. Elle est jeune, un peu tête en l'air, le reste de la famille est parfois dur avec elle alors j'essaie de la coacher pour son avenir.

Mes efforts à la maternité ont payé, Nina accepte que je lui donne le sein, cela prend des heures, mais l'allaitement est en marche. Je suis aux anges, la mère que je voulais être.

Ce semblant de normalité ne dure pas. Le lendemain soir, après la dernière tétée de Nina, nous allons nous coucher. Elle est endormie dans mes bras, je l'emmène avec moi dans la salle de bains. Je sens quelque chose de bizarre, je baisse les yeux, mon pyjama est trempé, inondé de sang. Le carrelage blanc, peu à peu, se macule de rouge. Du fond du couloir, j'appelle Alexandre. Je m'assois sur les toilettes pour ne pas en mettre partout. Paniqué, il appelle les pompiers. « Allongez-la », lui ordonnent-ils. Je m'allonge sur le carrelage, Nina toujours dans les bras, j'ai demandé à Alexandre de mettre des serviettes, pour ne pas tout salir.

Peu de temps après, ils débarquent. Dehors il pleut des cordes. Depuis le sol, je vois le bas de leurs cirés, leurs pantalons, leurs bottes couvertes de pluie et de boue. *Ah, mais ils pourraient les enlever, ils vont me foutre en l'air la moquette du couloir*. Un long couloir à la moquette crème mène du salon aux chambres, elles aussi à la moquette crème. Je bloque sur leurs gros godillots, la pluie, la boue.

Le monde s'écroule autour de moi, Alexandre est désemparé comme jamais il ne l'a été, même au plus dur du cancer, même quand il a dû attendre sept heures pour être sûr que j'étais en vie. Le monde s'écroule et tout ce à quoi je parviens à penser, c'est à la moquette et au carrelage.

Ils m'installent sur un brancard, m'immobilisent totalement, et, puisque l'ascenseur est trop petit, décident de me descendre par la fenêtre. Du camion, ils sortent la grande échelle. Alexandre, ébahi, les regarde installer le brancard pour me faire descendre quatre étages plus bas. C'est plus sûr, ont-ils assuré.

Depuis tout ce temps, je n'ai pas lâché Nina, elle est toujours sur moi. Je la serre tellement fort que les pompiers doivent me l'arracher des bras. Urpi est debout au milieu du couloir, réveillée par le brouhaha. Elle est arrivée la veille des États-Unis, en plein décalage horaire. À moitié endormie, elle ne comprend pas ce qui se passe, « *what's going on* ? » ne cesse-t-elle de répéter, éberluée. Un pompier, d'autorité, lui flanque Nina dans les bras. J'essaie de lui expliquer, lui traduire en anglais les directives des pompiers : je fais une hémorragie, je vais partir à l'hôpital, il faut qu'elle s'occupe de Nina.

Immobilisée sur mon brancard, je tremble de tous mes membres et je bois la tasse. La minerve fait une sorte de gouttière autour de ma tête et retient l'eau de pluie qui tombe sans discontinuer. Ils m'emmènent aux urgences de l'hôpital de Neuilly, où j'ai accouché une semaine plus tôt.

Dans la nuit glaciale, Alexandre les suit, avec Urpi et Nina. Aux urgences, Alexandre fait la navette entre la salle d'attente, où sont ma sœur et Nina, et le box où l'on m'a installée.

« Nina a faim ! Il faut que tu tires ton lait !

Je supplie les infirmières.

— Ma fille est dehors, elle a faim, est-ce que vous avez un tire-lait ? »

Aussitôt, elles se mettent en quête et rapportent de la maternité le précieux objet. Je tire le peu de lait que je peux obtenir. Je tends le flacon à Alexandre et le supplie de quitter les urgences et de rentrer avec Nina. Ce n'est pas la place d'un bébé, au milieu des gens qui attendent, des bactéries que j'imagine pullulant. Elle n'a rien à faire là et c'est moi qui lui inflige ça. Tout ce qu'il me restait à faire, c'était d'essayer d'être une bonne maman, même ça, ce n'est pas à ma portée, ce que j'impose à ma toute petite fille, c'est d'être séparée de moi. Sa mère aux urgences. L'échec.

Alexandre refuse de partir, il est tétanisé. Puisque j'ai réussi à tirer mon lait, Urpi rentre à la maison avec Nina. Les médecins mettent un temps infini à trouver la source de cette hémorragie, je perds encore beaucoup de sang. Au petit matin, la cause est trouvée : un pseudo-anévrisme de l'artère utérine. Il faudra opérer. En attendant mon transfert dans un autre hôpital, on me remonte dans une chambre à la maternité. Nina peut de nouveau être auprès de moi la journée. Urpi ou Alexandre me l'amènent.

« Oh, mais tu es de retour ! » Les soignants accueillent Nina avec plaisir. C'est la doyenne des bébés. Les puéricultrices m'aident avec l'allaitement. Cela dure deux jours. Au matin du troisième jour, alors que je m'apprête à croquer dans un pain au chocolat pour mon petit-déjeuner, une infirmière débarque dans ma chambre :

« Lâchez ça tout de suite ! Vous êtes transférée à l'hôpital de Clichy pour la chirurgie en urgence.

Le pain au chocolat fait un vol plané à travers la chambre. Elle enchaîne.

— Appelez votre mari tout de suite. Il doit partir avec Nina. »

Lorsque j'appelle Alexandre, il est déjà en route vers son travail. « Je pars en chirurgie, il faut que tu récupères Nina, ils ne peuvent pas la garder. » Il annule tous ses rendez-vous sur le chemin et débarque une demi-heure plus tard à la maternité en costume cravate, son attaché-case sous le bras.

Il est accueilli sans formalités : « Votre femme part tout de suite. Allez à la pharmacie, voilà la liste. Quand vous serez de retour, on vous expliquera tout ça. »

Avant mon transfert à l'hôpital de Clichy, je dois aller faire de nouvelles images.

« Mettez vos chaussures, on descend, me dit l'infirmière.

Je réalise que je n'en ai pas. Depuis trois jours que je suis à l'hôpital, je vais de brancard en fauteuil en lit d'hôpital, je n'en ai pas eu besoin.

— Comment est-ce possible ? Comment êtes-vous venue ici ? Demande le médecin interloqué.

— Si je vous le racontais, ça nous prendrait trop de temps ! »

Finalement, je descends en fauteuil roulant et en chaussettes, jusqu'au service d'imagerie, puis à l'ambulance qui m'emmène vers l'hôpital de Clichy.

Alexandre se met en route pour la pharmacie. Il achète consciencieusement toute la panoplie qu'on lui a commandée. De retour à la maternité, il doit réapprendre, comme il l'a fait des années auparavant pour ses premiers enfants, les gestes de soin aux nouveau-nés : biberons, bain, change… Et puis on lui met Nina dans les bras et il rentre à la maison. Heureusement, il n'est pas seul. Urpi est toujours là. Ils se retrouvent tous les deux chez nous.

À l'hôpital à Clichy, les médecins ne parviennent toujours pas à trouver le moyen de stopper durablement l'hémorragie, ils hésitent à retirer tout l'utérus. On m'a installée sur un brancard, dans l'antichambre du bloc opératoire. J'y passe deux jours. Les médecins n'arrivent pas à se mettre d'accord sur la marche à suivre : retirer l'utérus ou pas. Seul Alexandre a le droit de venir me voir, Nina n'est pas autorisée dans cet environnement stérile. Une nouvelle fois, je me suis débrouillée pour trouver un tire-lait. Les infirmiers ont réussi à s'en faire prêter un par la maternité, trois étages plus haut. Deux jours durant, je tire mon lait, puis je le jette. Mais je ne renonce pas. Si je ne le fais pas, je n'aurai plus de lait à lui offrir.

Au bout de deux jours, les médecins ont finalement trouvé la source de l'hémorragie, j'échappe à l'ablation de l'utérus Après ces épreuves, je ne pense pas à refaire un autre enfant, mais c'est un soulagement de savoir que je ne passerai pas une nouvelle fois par une opération aussi lourde. Pour finir, je ne subirai qu'une chirurgie relativement bénigne, sans anesthésie générale, je peux même observer les chirurgiens au travail sur l'écran de la salle d'opération.

Enfin, je sors de cet entre-deux, l'opération s'est bien passée, je peux aller dans une chambre de convalescence. Nina peut maintenant venir me voir, mais deux ou trois heures par jour seulement. Elle refuse désormais le sein. Elle a pris l'habitude des biberons. Je continue malgré tout à tirer mon lait plusieurs fois par jour, même s'il faut le jeter. De toute façon, les médicaments que l'on m'a donnés ne sont pour la plupart pas compatibles avec l'allaitement. Mais je refuse d'abandonner. Au bout de six jours, après une nouvelle transfusion et une injection de fer, je quitte enfin l'hôpital de Clichy.

À la maison, Urpi et Alexandre se relaient pour s'occuper de Nina. La présence de ma petite sœur lui permet de continuer à travailler et de venir me voir, mais je ne suis pas tranquille. Elle n'a aucune expérience avec les bébés, ce n'est pas rationnel, mais j'ai du mal à lui faire confiance. Pour Alexandre, au contraire, c'est une présence essentielle pour ne pas vivre ça tout seul. Toutes les nuits, il prend Nina à ses côtés, ne dort que d'un œil, terrorisé à l'idée de l'écraser dans son sommeil. Ma toute petite Nina que je prive des soins, de l'attention de sa mère alors qu'elle est si fragile, si dépendante. Bien plus tard, il m'a avoué que ces quelques jours ont été pour lui une sorte d'Apocalypse, un effondrement.

Ils ont vécu tous les deux dix jours indicibles, partagés entre la peur que je ne m'en sorte pas et le devoir de s'occuper de Nina. Il a désormais une relation particulière avec Urpi. Il a tenu à ce qu'elle soit la marraine de Nina, un rôle qu'elle endosse à la perfection.

Le monde, finalement, ne s'est pas effondré. La salle de bains a été nettoyée, même la moquette couleur crème du couloir n'a pas été endommagée. Je sors de tout ça exsangue, mais je mesure la chance qui est la mienne une nouvelle fois : à une autre époque, mais surtout, dans un autre pays, un autre système hospitalier, je ne serais pas là, chez moi, avec ma famille, je serais venue enrichir la longue liste des statistiques des mamans mortes en couches.

À compter de mon retour à la maison, il m'est impossible de me séparer de Nina. Je veux rattraper le temps perdu. J'ai eu le sentiment de l'abandonner. Elle passe le plus clair de son temps dans mes bras, dort sur moi, j'ai mis en place tout un système de coussins pour que nous puissions dormir toutes les deux sans que je l'écrase, mais je ne dors que d'un œil, terrifiée à l'idée de lui faire du mal par inadvertance. Je me cale sur son rythme.

Malgré tous mes efforts, Nina refuse obstinément le sein. Elle s'est habituée à prendre le biberon avec son père. Mais je m'entête. Je continue à tirer mon lait, à essayer de la mettre au sein. Nous allons voir une conseillère en lactation. Elle me conseille de laisser tomber : Nina a un peu plus de deux semaines, elle s'est habituée au biberon, il y a peu de chance pour que le lait revienne en quantité suffisante.

C'est mal me connaître. Je n'ai pas été présente pour ses deux premières semaines, le moins que je puisse faire, c'est de l'allaiter moi-même. Je trouve sur internet une tisane que l'on dit miraculeuse, j'en achète plusieurs boîtes et continue de lui proposer l'allaitement dès qu'elle montre un signe de faim. Peu à peu, elle accepte plus ou moins, mais ça ne suffit pas à la nourrir.

Alexandre est préposé au biberon du matin, cela me permet de dormir. Au bout d'un mois, il débarque dans la chambre avec Nina dans les bras : « elle refuse d'ouvrir la bouche ». J'ai gagné mon pari. Alexandre, lui, est un peu triste, ces petits matins avec Nina, c'était son instant privilégié avec sa fille, quelques heures qui ne leur appartiennent rien qu'à eux.

L'appartement est devenu mon univers. Je ne sors pas de la maison, je suis encore trop faible, c'est là que je promène Nina, j'y mange, j'y dors, j'ai retrouvé la télévision… De tout l'hiver, je n'ai presque pas mis le nez dehors. Comme un prélude au confinement qui se profile. Alexandre reprend son rôle de coach. Il me pousse à sortir. Il nous emmène faire le tour du pâté de maison. Le premier n'est pas très concluant, il doit m'aider à faire les derniers mètres qui nous séparent de la maison tout en poussant la poussette.

Trois mois plus tard, c'est le confinement. Nous sommes à Aix, Nina fait ses nuits quelques semaines après. Je peux enfin me reposer vraiment et, encore une fois, me reconstruire. Encore une fois, du repos, des injections de fer, pour contrer l'anémie qui s'est installée. Mais j'ai le temps, j'ai ma fille, j'ai gagné ce combat, je gagnerai celui de la reconstruction. J'ai l'habitude maintenant.

3.

Le staff médical qui m'entoure s'est depuis peu enrichi d'une endocrinologue. La chimiothérapie a endommagé ma thyroïde, je suis sous Levothyrox. Jusque-là, ma cancérologue gérait, mais je suis désormais officiellement en rémission. Ma toute nouvelle endocrinologue demande un contrôle.

« On va d'abord faire une échographie pour vérifier que tout est ok. » C'est en mars 2021, Nina a un peu plus d'un an, je suis à peine remise du choc de l'accouchement. À l'image, un nodule apparaît. Après avoir eu « la boule au ventre », me dis-je, j'ai « les glandes » ; peut-être devrais-je chercher un dictionnaire des expressions françaises pour anticiper ce qui peut encore m'arriver.

L'endocrinologue se veut rassurante. « C'est peut-être bénin, ça arrive. On refait le point dans six mois. »

En septembre, nouvelles images. Cette fois, il y a deux nodules : le premier a quintuplé de volume et il est flanqué d'un petit nouveau : papa nodule et bébé nodule. Même sans analyses plus poussées, je comprends que ce n'est pas forcément une bonne nouvelle. Il faut à nouveau passer par la biopsie pour en savoir plus, je redoute l'aiguille, c'est douloureux, le médecin s'y reprend à plusieurs fois, il ne parvient pas à trouver le nodule. Comme je m'y attendais, la biopsie vient confirmer ces craintes : papa nodule n'est pas bénin, il n'est pas gentil, c'est un cancer.

Masse, biopsie, cancer… Les mêmes mots que dix ans auparavant. Tout de suite, je téléphone au docteur B., je veux savoir si c'est une conséquence de mon premier cancer. Ma cancérologue est formelle : le cancer du rein ne s'étend jamais à la thyroïde. C'est un nouveau cancer, un autre. Il n'est pas lié au précédent.

C'est injuste, pensé-je. J'aurais accepté un retour du cancer du rein. Cela arrive, on s'y prépare, même cinq, dix ans après. Cela, je l'aurais accepté, j'aurais compris. Mais un nouveau cancer ? Encore ! J'ai du mal à l'accepter. Il me semble que j'ai largement atteint mon quota de maladies graves pour toute une vie.

Comme dix ans auparavant, Alexandre mobilise Antoine. Comme dix ans auparavant, Antoine remue ciel et terre pour trouver les meilleurs médecins.

Il faut opérer. Retirer la tumeur. On me propose de ne retirer que le gros nodule, celui dont la biopsie a montré la malignité. Je refuse.

« On enlève tout. En six mois, le nodule a quintuplé de volume. S'il est malin, il y a de grandes chances pour que le petit ne soit pas plus sympathique.

– Il est tout de même possible qu'il soit bénin, on peut se limiter à la tumorectomie, tente l'endocrinologue.

Je reste sur ma position.

– On enlève tout, je ne subirai pas plusieurs opérations. »

Mon endocrinologue a capitulé, elle accepte l'ablation de la thyroïde. Sur les conseils d'une de ses amies endocrinologue à Aix, Antoine a trouvé un chirurgien à la Pitié Salpêtrière. À nouveau, je dois passer sur le billard. À nouveau, je suis séparée de Nina. À nouveau, la possibilité de la mort fait irruption. J'ai beau avoir l'habitude, c'est dur à encaisser.

Autour de moi, tout le monde s'emploie à me rassurer. « C'est le meilleur cancer à avoir » m'explique-t-on, « il se soigne extrêmement bien », m'assure-t-on.

Le *meilleur* cancer. L'enfer est pavé de bonnes intentions. Bien sûr, les traitements sont moins lourds, bien sûr, il n'y a pas de chimiothérapie ou de radiothérapie, mais à tout prendre, je ne veux ni d'un mauvais, ni d'un bon cancer. J'en ai déjà eu un, je sais qu'il peut ressurgir à tout moment, cela me suffit.

L'opération est programmée en février 2022. C'est encore la période du Covid et peu avant l'opération, Alexandre et Nina attrapent le virus. Impossible d'être opérée si je suis positive. Je dois m'exiler dans l'hôtel d'en face. Chaque jour, je leur apporte à manger en frappant à la fenêtre de la cuisine. Puis je m'éloigne avant qu'Alexandre n'ouvre la fenêtre. Jusqu'à l'opération nous nous parlons au téléphone, nous nous disons bonjour et au revoir par signes à travers la fenêtre. Je ne sais pas encore que c'est un prélude à ce qui m'attend après l'opération.

Une fois de plus, je répète ces gestes familiers : la douche à la bétadine, les bijoux ôtés, la blouse, la charlotte, les sous-vêtements jetables. Je pensais que j'en avais fini. Au bloc de la Pitié Salpêtrière, l'ambiance est radicalement différente de ma première opération. L'anesthésiste est charmante, douce, rassurante.

« Quelle musique aimez-vous ?

Je ne sais pas quoi répondre, je ne m'attendais pas à la question.

— Heu, de la musique calme ? »

Avant de m'endormir, elle me met un casque sur les oreilles, Ed Sheeran en fond sonore pendant que l'on m'ôte la thyroïde. Je ne suis pas sûre d'adhérer au choix artistique, mais l'attention me plonge dans un état d'esprit radicalement différent. Après la chirurgie, je dois subir un traitement à l'iode radioactif.

Ce protocole a lieu dans un espace distinct, isolé du reste de l'hôpital. Dans un bunker, un vrai, comme il en existe en Suisse en cas d'attaque nucléaire. Ma chambre est dans un sous-sol. Elle ne mesure pas plus de dix mètres carrés et je n'ai pas le droit d'en sortir trois jours durant.

Je tourne en rond, je fais les cent pas le long des murs. J'ai une petite télévision, mais malgré tout mon amour pour Arte, je n'en peux plus. Je n'ai aucun contact avec le monde extérieur, je ne parle à personne. C'est déprimant. L'hôpital a fait des efforts, la chambre est aménagée le plus normalement possible, couleurs fraîches, il y a une toute petite fenêtre tout en haut du mur, longue et fine, elle ne permet pas de voir l'extérieur, juste d'avoir un peu de lumière et la sensation de voir le jour. Ultime attention pour les patients, un plafond est peint, reproduisant à la perfection un faux ciel, quelques nuages et la cime d'un arbre. Je fixe ce faux ciel des heures durant, la sensation d'être un lion en cage.

Une infirmière vêtue d'une combinaison hermétique m'apporte mes repas à travers une double porte. Je n'ai le droit d'ouvrir la mienne que lorsque l'infirmière est repartie et la porte scellée. De toute façon, je n'arrive pas à manger. L'infirmière se fâche.

« Si vous ne mangez pas du tout, on ne pourra pas vous laisser sortir.

— Mais les nausées sont trop fortes, je ne peux rien avaler.

— C'est normal, c'est l'un des effets de l'iode. Je vais vous apporter du coca. »

Le soulagement est léger, mais il me permet de manger un peu. Après trois jours, on me laisse sortir. Mais pendant encore une semaine, je n'ai le droit de croiser personne. Je ne peux pas prendre les transports en commun, je ne peux pas risquer de croiser des femmes enceintes et des enfants. Ma mère me propose de venir m'aider à la maison à Aix, mais malheureusement elle non plus n'a pas le droit de s'approcher de moi. Je suis recluse, Nina est loin de moi, à Paris avec Alexandre. Pour la deuxième fois, alors qu'elle n'a que deux ans, mon état de santé me sépare de ma fille. Je pars faire le traitement à Aix, ça n'a aucun sens de rester isolée à Paris. Elle ne comprendrait pas.

À mon retour, elle joue à l'infirmière : « Maman, tu as un bobo, je vais te soigner. » Je me soumets à ses petites mains, à ses soins hasardeux. Nina a grandi avec sa mère malade. Elle a intégré qu'il faut « laisser dormir maman » le matin, elle m'appelle « maman marmotte ». Elle joue avec son père, va au marché avec lui et quand nous sommes seules à la maison, elle attend, elle joue dans sa chambre. Et puis quand elle a trop faim, elle vient toquer timidement à ma porte.

Contrairement à dix ans auparavant, pour elle, je n'ai pas d'autre choix que d'être en forme. À 16 heures au plus tard, je dois être d'attaque, construire des châteaux forts, jouer aux legos ou prendre le thé avec tous ses doudous. Elle a à peine trois ans, mais elle est déjà à l'école depuis qu'elle a 21 mois. C'est un bébé du confinement ; toute petite, elle était extrêmement sauvage, elle ne laissait personne s'approcher, poussait des hurlements stridents dès que la pédiatre se penchait sur elle. Sur ses conseils, nous avons décidé de la scolariser très tôt pour qu'elle apprenne à se socialiser ; fille unique, seule à la maison avec nous, sans cousins proches, elle ne pouvait pas apprendre le collectif dans ce cadre. Alors, malgré la fatigue, je tiens, pour elle et grâce à elle.

Le retour du cancer, c'est aussi le retour des effets secondaires et des tâtonnements pour trouver des solutions. Alors que nous sommes en excursion à Disneyland avec Nina, Alexandre me regarde bizarrement. « Tu ressembles à Tic et Tac. »

Deux grosses boules sont apparues au-dessous de ma mâchoire. Cela me fait penser à une maladie que les enfants attrapaient fréquemment au Pérou lorsque j'étais petite. On appelait cela la *papera*. Les enfants qui l'attrapaient avaient aussi une boule sur le bas du visage. J'ai donc, semble-t-il, une double *papera*. Je n'ai plus de salive, cela devient difficile de manger.

Avec Alexandre nous cherchons la cause de cette soudaine maladie. Je vais d'ORL en ORL, « c'est viral », me disent-ils tous. Chacun me prescrit de la cortisone. Je prends de la cortisone pendant trois mois, et dix kilos du même coup.

« Mais pourquoi vous ne m'avez pas appelée ? ! » Lorsque je vais voir mon endocrinologue, trois mois plus tard, elle me gronde comme une petite fille. On a beau avoir déjà eu un cancer, on n'apprend pas tellement. Ni Alexandre, ni moi n'avions pensé que ça pouvait être un effet secondaire du traitement à l'iode.

« C'est vrai que ça arrive très rarement, seulement dans 10 % des cas », reprend le médecin. 10 % des cas, bien sûr… J'aurais dû savoir. C'est vrai que je subis systématiquement les 10 % des effets secondaires les plus rares. J'aurais dû mieux lire la notice.

Elle me prescrit un traitement qui s'avère plutôt efficace. Il reste néanmoins difficile de manger des aliments très secs comme les chips. Et j'adore les chips, je ne sais pas résister à une chips à l'heure de l'apéritif. Eh bien fini les chips ! Fini les chips, mais aussi les biscuits, le pop-corn, les sandwichs, les croissants, les petits gâteaux apéritifs, les pâtes… Tout. De temps en temps, je m'autorise une tartine ou un pain au chocolat, et en prenant bien garde d'avaler une gorgée de café entre chaque bouchée, mes petits-déjeuners, parfois, sont sauvés. Tout mon régime alimentaire est totalement bouleversé.

On apprend tout de même. Je ne laisse plus ces épreuves tout enrayer, je continue à vivre, je sais même en rire, désormais. Nous en jouons avec Alexandre. Nous développons des talents cachés pour établir des diagnostics. C'est lui qui a trouvé le nom de la maladie des glandes salivaires : c'est une parotidite. Lorsque l'endocrinologue confirme, nous en concevons une certaine fierté. « Grâce à toi, je pourrais installer une plaque de spécialiste sur la porte ! », plaisante-t-il après le rendez-vous.

Mais je ne suis pas au bout de mes peines. Au bout de plusieurs mois, il s'avère que le traitement que l'on me donne pour les glandes salivaires a, quant à lui, un effet sur ma vue. L'ophtalmologue suspecte un glaucome. Je pourrais perdre la vue. À l'annonce de ce diagnostic, je ne m'effondre pas. Après tout, je suis toujours là. Je suis toujours là, bien vivante, c'est tout ce qui compte. Après toutes ces années, j'ai appris.

En avril 2023, un an après le premier traitement à l'iode radioactif, je fais toute une série de contrôles : scanner, prises de sang… L'objectif est de voir si le traitement a fait effet. Il faut normalement deux à trois prises d'iode pour aller au bout du traitement, une par an. L'endocrinologue n'y est pas favorable. Je suis toujours anémiée, l'atteinte aux glandes salivaires a été plutôt massive, je n'ai toujours pas récupéré, si l'on peut l'éviter, me dit-elle, ce serait mieux.

Un mois plus tard, les résultats tombent. Ils sont bons. Il n'y a plus de trace du cancer, je n'ai pas besoin d'un nouveau traitement. Le prochain contrôle aura lieu dans deux ans. D'ici là, je suis tranquille. Lorsque je referme la lettre qui contient les résultats, je suis soulagée. Lorsqu'Alexandre rentre à la maison, le soir, j'ouvre une bouteille de champagne et j'ai acheté de bonnes choses à grignoter. Il faut célébrer : j'ai gagné deux ans.

4.

Et maintenant ?

Maintenant, assise dans la salle d'attente de l'aéroport, j'écris ces dernières lignes. Je m'envole pour le Pérou avec Nina. Je retourne à Paucartambo célébrer la vierge du Carmen. Ma protectrice. Celle qui m'a tant apporté, à qui je dois la vie, à qui je dois ma fille, aussi.

Pour lui rendre hommage, je ne serai pas, cette fois-ci, simple spectatrice. Je participerai pleinement à la fête en tant que majordome, *carguyoc* en quechua, de la danse Majeños. Il me revient d'assumer toute l'organisation de cette danse – costumes, nourriture, musiciens… –, l'une des plus joyeuses de la procession. C'est le moins que je puisse faire pour elle. Cette année, Nina vient avec moi. Après les célébrations principales, comme le font beaucoup d'autres familles, elle participera à la bénédiction des enfants dans la petite église de Paucartambo, pour que ma protectrice, enfin, puisse accueillir dans ses bras ce petit bout de miracle qu'elle m'a permis d'avoir, et veille sur elle comme elle a veillé sur moi.

Maintenant, je sais que tout peut basculer même si je vais mieux. Mon rein assure toujours, « c'est un battant » assure mon nouveau néphrologue, mais la menace de la dialyse est toujours là. Le prochain contrôle de la thyroïde aura lieu dans un an, les médecins sont confiants et j'ai choisi de l'être aussi. Parce que je suis bien là, bien vivante.

Alors il faut célébrer. Célébrer les petites victoires quotidiennes, les bonnes nouvelles d'où qu'elles viennent, les billets de vie gagnés à chaque contrôle médical : un mois, puis trois, puis six ; et puis un an, deux ans, cinq ans : ce sursis patiemment acquis. Célébrer, aussi, la banalité de la vie quotidienne : se lever, marcher, tousser, manger parfois des chips, retourner au yoga… être en vie, tout simplement. Il faut fêter. Tous les jours.

Je ne me fais plus tant d'illusions sur un futur enchanté, mais je continue de célébrer à ma manière chaque petit pas, chaque petite victoire. Simplement, rien de très élaboré, une petite coupe de champagne, un café au soleil… peu importe, seul compte le fait de prendre le temps de s'attarder sur ce qui fait la beauté de l'étape franchie. J'accepte désormais de ne pas savoir de quoi demain sera fait et je me concentre, au jour le jour, sur la reconstruction. Je m'y suis résignée, mais je ne renonce pas à me battre. Pour la vie, pour Nina.

Maintenant, je sais que si elle fait partie de moi, la maladie ne me définit pas. Alors j'évite d'en parler aux gens que je rencontre. Aux parents d'élèves de l'école de Nina, à ceux que je rencontre par hasard, à l'inévitable question : « Et tu faisais quoi avant dans la vie ? » J'élude. Cela fausse la relation. On voit les visages se décomposer, les épaules s'affaisser, les sourcils se froncer, la gêne s'immiscer dans les yeux de l'autre. Ce regard, souvent, nous diminue, il nous fait nous sentir tous petits. Nous devenons la maladie : toute notre personne, notre complexité d'être humain réduite à ce seul qualificatif.

Je ne veux ni pitié, ni louanges. On a coutume de louer le courage des malades. Mais quel courage ? Où est le courage, lorsqu'on n'a pas le choix ? Ce n'est pas du courage, c'est de l'instinct de survie. Refuse-t-on une tumorectomie ? Une chimiothérapie ? Bien sûr que non. La maladie est un combat dans lequel les grandes lignes sont définies à l'avance sans que l'on puisse donner son avis. Alors, pour survivre, on se laisse faire.

Oui je me suis battue, oui j'ai supporté des traitements qui m'ont terrassée, oui j'ai tenté, malgré cela, de continuer à vivre tant bien que mal. Et j'ai eu de la chance. La chance de vivre dans un pays comme la France, où les meilleurs soins sont accessibles à tous, la chance d'être entourée d'Alexandre et de sa famille pour me guider à travers les méandres du système de soins, m'accompagner sans ciller tout au long de la maladie, quel que soit mon état, m'encourager toujours et me laisser la possibilité, justement, de me reposer, ne pas travailler, ne pas me soucier du quotidien pour me concentrer sur ma guérison. Et j'ai tenu, vaille que vaille, j'ai fait face ; c'est vrai, je me suis obstinée.

Mais du courage ? Je n'ai pas pris mon épée pour tuer quarante Mongols, je ne me suis pas, comme Jean-Louis, engagée adolescente dans la Résistance, je n'ai pas servi de guide aux soldats américains fraîchement débarqués. Le vrai courage, c'est quand on fait délibérément le choix de combattre. Ce choix, c'est un luxe que nous, malades, ne pouvons pas nous offrir. Cela ne minore en rien notre combat, ça ne le rend pas moins dur à mener. Simplement nous subissons cette guerre, et si nous sommes de bons soldats c'est que nous voulons vivre.

Maintenant, je suis moi-même, mais une autre. Cette guerre ne laisse pas indemne. La rémission, ce n'est pas faire table rase de plusieurs années de maladies et de traitements pour que tout redevienne comme avant. Ma vue a baissé à cause des médicaments que l'on m'a donnés pour les glandes salivaires. Mon corps est constellé de cicatrices : sur le ventre, à la base du cou, c'est un terrain de foot ; je dois encore me battre contre une anémie qui perdure après trop de sang perdu. Je n'ai pas la force d'une personne de mon âge. Mais je m'adapte.

J'ai appris à chérir mes cicatrices, elles sont la mémoire de mes guerres. Je me mets en maillot de bain l'été, sur la plage, je ne les cache pas. Elles disent que j'ai gagné ces combats, l'un après l'autre. Mon corps est cabossé, il est devenu un objet d'étude, un objet de médecine, un objet utilitaire, je ne me sens plus sexy, mais j'apprends à l'aimer malgré cela. J'accepte de ne pas être en forme, *it's ok not to be ok* comme disent les Américains. J'organise ma vie en fonction de ce que je peux faire, et non plus en fonction de ce qu'il faut faire.

J'ai dû me redéfinir. Je ne suis plus celle qui court partout du matin au soir. Qui travaille toujours plus pour un meilleur job, un meilleur salaire. Je n'ai plus une « bonne situation » selon les critères en vigueur. J'ai pris de la distance par rapport à eux. Celle que j'aimais en moi, celle qui recherchait la performance et l'efficacité en tout point de son existence, elle n'existe plus. Mais ce n'est pas un deuil. J'ai appris à donner une autre valeur à mes journées, une autre utilité. Aujourd'hui, je m'attelle à être une maman normale, pas une maman parfaite : une maman comme je peux. Voilà mon nouveau personnage. Ma bonne situation maintenant, c'est d'être en forme. Faire du mieux que je peux pour construire ma famille, faire de Nina une adulte épanouie, et rester auprès d'elle aussi longtemps qu'elle en aura besoin.

Il faut apprendre, aussi, à vivre sans. Sans les médecins, les contrôles, les analyses, les consultations. « C'est fini, je ne vous vois plus », m'a dit ma cancérologue après un ultime contrôle à la suite du cancer de la thyroïde. J'en suis restée interdite. « Mais plus du tout ? Même pas dans un an, dans cinq ans ? Plus jamais ? », ai-je répondu. Plus jamais. C'est vertigineux, aussi, de quitter ce cocon. On en rêve tous les jours : que cessent les consultations, les piqûres, les scanners, les opérations. On en rêve, mais c'est aussi un écrin rassurant. Celui qui nous dit, mois après mois, que tout va bien. Qui va me dire, maintenant, que tout va bien ? Et si on ratait quelque chose ? Il faut apprendre à vivre sans.

Mais, maintenant, je n'ai plus peur.

Je sais danser sous l'orage.

Achevé d'imprimer en septembre 2024
dans les ateliers d'Evoluprint
31150 Bruguières